IMPRESSUM

Hintere Str. 28 – 88437 Maselheim
Namen und Handlungen sind alle fiktiv und haben mit keinen Personen oder Plätzen etwas gemeinsam.
Namen und Handlungen sind allesamt fiktiv und haben mit keinen realen Personen oder Plätzen etwas gemeinsam.
Cover: Urheberrecht/Copyright
Cover: D-Design Cover Art

Lotta Larsson
2023

Herstellung und Druck über tolino media GmbH & Co. KG, München.
Printed in Germany

STRANDKORBLIEBE AUF AMRUM - LEEVKE

LOTTA LARSSON

WIDMUNG

Den Weltenbummlern

ÜBER DEN AUTOR

Lotta Larsson liebt das Reisen, das Rauschen des Meeres und im Sommer den warmen Sand unter ihren nackten Füßen. Bei jedem Wetter unternimmt sie lange Strandspaziergänge mit ihrem Hund, bei denen ihr die besten Ideen für ihre Liebesromane kommen. Sie lebt mit ihrer Familie in Süddeutschland. Ihre Geschichten haben alle eines gemeinsam: Am Ende steht ein Happy End und vor allem sollen die Geschichten den Leserinnen und Leser nach der letzten Seite ein Lächeln ins Gesicht zaubern.

Sie wünscht viel Freude mit den Geschichten!

VORWORT

Dieser Roman ist genau das. Eine Geschichte. Bitte nehmt nicht alles, was ich geschrieben habe, ernst. Vieles davon wird in der heutigen vernetzten und digitalen Zeit nicht funktionieren. Bücher laden zum Träumen ein und nicht alles, was geschrieben ist, kann oder wird jemals so geschehen oder entspricht der Realität. Lasst euch in meine Welt der Fantasie mitnehmen und begeistern!

KLAPPENTEXT

Strandkörbe, Meeresrauschen und Inselromantik der Extraklasse!

30 Jahre alt musste Leevke werden, bis ihr endlich ein Mann vor die Füße fällt – und das im wahrsten Sinne des Wortes.

Eine blöde Situation für den sehbehinderten Leon, der sich beim Sturz verletzt hat und jetzt Leevkes Hilfe braucht.

Die Luft zwischen ihnen scheint von der ersten Sekunde an in Flammen zu stehen, während sich der Zauber von Amrum langsam über sie legt.

Doch das romantische Kennenlernen wird nach einigen Tagen jäh unterbrochen, als Leons Halbschwester auftaucht. Mabel möchte ihren Bruder am liebsten vierundzwanzig Stunden lang betreuen, wobei Leevke nicht im Entferntesten ahnt, was wirklich dahintersteckt.

Auf der Urlaubsinsel brechen dramatische Stunden an, doch Leevke ist fest entschlossen, für Leon zu kämpfen. Zu wundervoll ist das Gefühl von Schmetterlingen in ihrem Bauch, die sie nie wieder zu verspüren geglaubt hat.

Wird Strandkorb sieben auch in diesem Sommer seine Magie versprühen?

PROLOG

Wie schön war dieser Sommer. Ich konnte einem Paar die Liebe bringen. Als mich Kapitän Claas zurück in mein Winterquartier brachte, hatte ich meinen Kollegen viel zu erzählen. Diesen Sommer habe ich zwar nur Leeve und Tanja zusammengebracht, aber das war auf jeden Fall ein wundervoller Glücksfall. Den ganzen Sommer über waren die beiden immer mal wieder bei mir, vor allem, wenn niemand die Kate gemietet hatte. Sie waren so verliebt und ich habe mich jeden Tag über sie gefreut. Der Winter war lang, aber durch die Geschichten, die jeder Strandkorb zu erzählen hatte, war er kurzweilig. Als es Frühling wird, öffnet Kapitän Claas die Tore und bringt mit seiner Frau wieder jeden von uns auf Vordermann, damit wir unsere Aufgabe für diese Saison erfüllen können. Mein Besitzer sieht mich lächelnd an.

»Na mein Lieber, dieses Jahr hat dir meine Frau wieder was Hübsches genäht. Nicht in Blau-weiß, sondern du leuchtest in diesem Jahr in Grün-weiß. Da Grün die Farbe der Hoffnung ist, bin ich mir sicher, dass es dir gefallen wird.« Er malt noch mein Geflecht weiß an, dort wo es nötig ist, und bessert ein paar kleine Fehler an mir aus, das war es. Zum Schluss bekomme ich noch meine Nummer und wie im vergangenen Jahr bringt er mich wieder zur Kate der Niemeyers, worüber ich mich sehr freue. Da sind so viele junge Leute am Strand und jeden Abend ist was los. Mal sehen, was für Besucher den Sommer über in der Kate Erholung suchen. Meine Nummer, aber das ist das Wichtigste, denn ich bin Strandkorb sieben.

»So, mein Lieber, jetzt bist du bereit für ein neues Abenteuer. Wen wirst du wohl diesen Sommer glücklich machen?« Mein Herrchen schaut mich stolz an und steckt sich eine Pfeife in den Mund. Wie immer raucht er nicht und die Pfeife ist nur zur Zierde, aber sie passt zu ihm. Ein echter norddeutscher Kapitän mit blauer Mütze, blau-weiß gestreiftem Hemd und weißem Bart. Lustige, lebhafte Augen, aus denen Abenteuerlust sprüht. Sein weißer Vollbart ist, finde ich, über den Winter noch voller geworden. Manche sagen, dass er auch gut den Weihnachtsmann spielen könnte, und ich bin mir fast sicher, dass er dies auch für das ein oder andere Kind tut. Aber alle nennen ihn Kapitän Claas, weil er lange Zeit einen Kutter besaß und aufs Meer hinausfuhr. Aber als sich das nicht mehr lohnte und die Arbeit für ihn zu schwer wurde, wurde er Kapitän einer Flotte von Strandkörben. Natürlich gibt es nur einen wie mich. Denn ich bringe die Liebe zu den Menschen. Ach, was könnte ich erzählen …

LEEVKE

Was für eine wunderschöne Hochzeit! Bereits gestern sind alle wieder abgereist und Leeve ist mit Tanja in die Flitterwochen gefahren. Zuerst wollten die beiden die Reise auf den Winter verschieben, aber wir haben alle protestiert und gesagt, dass das nicht geht. Ole wird, wenn es etwas ganz Wichtiges zu erledigen gibt, bereitstehen und Doc Hinnek wird ebenfalls für Notfälle die Praxis öffnen. Ich bin mir sicher, dass wir das alles hinbekommen. Odin und Thor werden zusammen mit Lenny dafür sorgen, dass mir nicht langweilig wird, und zu guter Letzt freue ich mich zugegebenermaßen auch auf ein paar Tage absoluter Ruhe. Kein Telefon, keine Kunden. Keine Termine und schon gar keine Männer. Denen habe ich sowieso abgeschworen, was meine beiden Schwestern lachend mit einem entsprechenden Abwinken und Augenzwinkern kommentieren. Aber irgendwie ist es mir ernst damit. Nur Enttäuschungen hat das Leben bisher für mich bereitgehalten, was Männer angeht. Angefangen bei meinem Vater, der immer betrunken und brutal war. Und bei meinen Freunden – immer nur Enttäuschungen. Keiner konnte auch nur annähernd das Ideal erreichen, das ich von einem Mann habe, und das ist noch nicht einmal hochgesteckt und schwer zu erreichen. Zumindest denke ich das. Ich wünsche mir einfach einen Mann, der mich so akzeptiert, wie ich bin. Der mich so liebt, wie ich bin, mit all meinen Ecken und Kanten. Ich möchte mich nicht für einen Mann verbiegen, bis ich mich selbst nicht mehr kenne, und ich möchte auch nicht, dass ein Mann das für mich tut. Warum ist das so schwer zu verstehen? Natürlich habe ich das Problem, dass ich den perfekten Mann bereits kenne und irgendwie alle mit ihm vergleiche, aber dieser in meinen Augen perfekte Mann ist nicht verfügbar. Es ist mein Bruder. Er ist mein Vorbild. Leeve, der jetzt mit Tanja glücklich ist und dem ich jede Sekunde dieses Glücks von Herzen gönne. Dieser Mann hat so viel für uns, seine Schwestern, getan und noch mehr ertragen. Kein anderer hätte das ertragen, da bin ich mir sicher. Sie wären weggelaufen. Weggegangen und hätten uns mit ihm allein gelassen oder hätten zugesehen, wie wir ins Heim oder in verschiedene Pflegefamilien gesteckt wurden. Aber das hat er nicht zugelassen. Er hat so viel für uns aufgegeben und noch mehr für uns ertragen. Er hat mich und meine Zwillingsschwester Lentje und unser Nesthäkchen Levka vor ihm beschützt und sich vor uns gestellt. Hat die Schläge, die wir einstecken sollten, eingesteckt und Levka, unser Nesthäkchen, wie ein Vater großgezogen. Blieb beim Vater, nur ihretwegen. Er blieb noch vier weitere Jahre bei ihm, beschützte sie vor ihm. Er hätte nicht bleiben müssen. Leeve hätte gehen können, aber dann wären wir Geschwister getrennt worden, und das hat er nicht zugelassen. Leeve hat das alles auf sich genommen, ohne auch nur einmal zu murren, schlecht gelaunt zu sein oder uns

Vorwürfe zu machen. Im Gegenteil, er hat uns immer getröstet, wenn wir verzweifelt im Bett lagen, und uns gegenseitig getröstet haben, wenn Vater unten tobte. Er liebt uns und er hat für uns gesorgt. Hat mir und Lentje ermöglicht, aufs Festland zu gehen, um dort eine Ausbildung zu machen. Leeve hat uns finanziell unterstützt, obwohl er selbst nicht viel hatte. Nebenbei hat er eine Ausbildung gemacht und bald den Betrieb seines Meisters übernommen. Leeve ist unser aller Held, vor allem meiner. Aber ich bin sicher, dass meine Schwestern genauso über ihn denken. Und ich weiß, dass es ein Fehler ist, jeden Mann mit ihm zu vergleichen. Und doch tue ich es leider immer wieder. Ich stelle so oft fest, dass die Männer, die mich körperlich anziehen, die auch nett zu mir sind, die mich lieben, einfach kein Rückgrat haben. Sie langweilen mich mit der Zeit oder sie begehen den großen Fehler, mich ändern zu wollen. Ich bin mir sicher, dass sie niemals gut zu unseren gemeinsamen Kindern wären, wenn ich, aus welchen Gründen auch immer, gehen müsste. Sterben würde, so wie meine Mutter früh gestorben ist. Ich wünsche mir einen Mann, auf den ich mich verlassen kann. Wünsche mir einen Mann an meiner Seite, von dem ich weiß, dass er nicht einfach verschwindet, wenn es Probleme gibt. Ich suche einen Mann, der mit mir zusammen eine Familie gründet. Der unsere Kinder liebt. Ja, ich wünsche mir Kinder, auch wenn ich aus einer Familie komme, in der Kinder nur dazu da waren, sie zu verprügeln. Die dafür zu sorgen hatten, dass genügend Alkohol im Haus ist. Ich habe vermutlich viel zu hohe Ansprüche. Genau diese Ansprüche, die stehen mir im Weg. Immer schon. Ich weiß das, und doch ist da die Prinzessin in mir, die sich diesen einen Prinzen wünscht und sicher ist, dass er irgendwo da draußen ist und gefunden werden will. Amrum. Ich werde wieder für längere Zeit auf

Amrum sein. Zwei Wochen am Stück war ich schon lange nicht mehr hier. Ich wollte immer weg von hier. Weg von der Insel. Aber als ich heute Morgen auf die Dünen schaue, hinter denen das Meer liegt, dessen Rauschen ich bis hierher höre, überkommt mich diese Sehnsucht. Eine merkwürdige Sehnsucht nach zu Hause. Und damit meine ich nicht meine Wohnung in Wyk.

Heute bin ich mit Tanjas Fahrrad, das sie den Besitzern der Niemeyer-Kate abgekauft hat, nach Süddorf gefahren, um einzukaufen und bei Meike vorbeizuschauen. Habe mir Kuchen von ihr geholt, den ich später hier auf der Terrasse genießen werde. Es ist schön, wieder hier zu sein. Die Leute sind so freundlich, das war früher, als ich noch hier wohnte, nicht so, jedenfalls nicht in meiner Erinnerung. Die Boger-Kinder waren nirgendwo gern gesehen. Man war auch nicht gut auf sie zu sprechen. Aber das hat sich zu meiner Freude geändert. Meike, mit der ich früher in einer Klasse war, war nie eine Freundin für mich. Aber jetzt, heute, kann ich nicht behaupten, dass sie es nicht ist. Sie ist freundlich und aufgeschlossen und ... vielleicht hat sie wie viele andere auch ein schlechtes Gewissen uns gegenüber. Aber ich bin nicht nachtragend, auch wenn meine Jugend schöner gewesen wäre, wenn wir ein paar Freundinnen gehabt hätten, wenn man nicht mit dem Finger auf uns gezeigt hätte und wir nicht den Vorurteilen der Inselbewohner ausgesetzt gewesen wären. Es hat keinen Sinn, sich darüber zu beklagen. Heute begegnen sie uns freundlich, ohne Misstrauen, auch das haben wir vor allem Leeve zu verdanken. Ich radle mit meinen Einkäufen zurück, verstaue die Vorräte für die nächsten Tage im Kühlschrank und lasse den Kaffee aus dem wichtigsten und besten Küchengerät dieses Hauses laufen. Es handelt sich dabei um ein Luxusobjekt und wenn Tanja nicht aufpasst, werde ich sie ganz zufällig in meinen Koffer packen, wenn ich abreise. Ganz zufällig wird sie vermutlich nicht mehr an ihrem Platz stehen, wenn ich abreise. Sie wird zwar nicht in den Koffer passen, aber ... es wird sich eine Möglichkeit finden. Ich lache leise. Gehe, während der Kaffee in den Kaffeepott läuft, nachdenklich zu den beiden Eseln, die Leeve von der Witwe Olsen quasi mit dem Haus übernommen hat. Ich füttere die beiden, die langsam zu mir ans Gatter trotten, mit je einer Karotte. Es sind lustige und sehr liebe Gesellen und stur, wie nur Esel sein können. Aber sie strahlen eine unbändige Ruhe aus, die sich auch auf mich überträgt. Lenny, der bisher in seinem Körbchen geschlafen hat, kommt schwanzwedelnd auf mich zugerannt. Ich habe ihn heute Morgen nicht mitgenommen und musste es auch nicht. Ein Hund kann vor sich hin dösen und schlafen. Er weiß, wie man chillt. Man muss so ein Tier nur ein paar Tage im Haus haben und kann nur den Kopf schütteln und von ihm lernen und sich fragen, warum die Menschen sich so einen Stress antun.

»Na, Großer auch aufgewacht?« Ich mag Hunde, auch wenn ich selbst nie auf die Idee kommen würde, mir einen anzuschaffen, aber dann wieder ... Leeve hat schon recht, wenn man abends alleine in der Wohnung ist, kann es durchaus nett sein, einen lustigen Gesellen bei sich zu haben. Doch dann gibt es wieder die Tage, an denen man zur Arbeit muss, und ich könnte es einem Tier nicht antun, alleine zu Hause zu sitzen und darauf zu warten, dass ich nach zig Überstunden endlich zu ihm zurückkomme, um mit ihm eine kleine Runde um den Block zu gehen. Das ist wirklich nicht das Leben, das ich mir für einen Vierbeiner wünsche. Aber Lenny geht es bei Leeve super. Er nimmt ihn mit zur Arbeit und er kann den ganzen Tag draußen sein. Bei Leeve sein. Manchmal bin ich ein bisschen neidisch. Ich habe mich damals für den Beruf der Steuerfachangestellten entschieden, weil ich so am schnellsten von Amrum wegkam und nichts lernen wollte, was mit Touristen zu tun hat. Das Hotelgewerbe hat mich nie gereizt, auch wenn hier im Norden und überall auf der Welt immer Leute in diesem Bereich gesucht werden. Mein Traum war ganz früher mal, auf ein Schiff zu gehen, um dort zu arbeiten, das habe ich sogar getan als Praktikum, aber nach drei Monaten auf hoher See war der Traum wirklich keiner mehr. Dort war mir alles zu eng, zu viele Menschen, zu ... Es war ein Teil meines Lebens, der mal ein Traum war, aber es hat sich nicht als genau das herausgestellt. Eine interessante Erfahrung für mich. Nicht alle Träume gehen in Erfüllung und manche Träume gehen zwar in Erfüllung, sind aber weit entfernt von dem, was man sich erträumt hat. In Wyk habe ich anschließend eine Ausbildung in einer Anwaltskanzlei absolviert und danach ein Studium begonnen. Ich war schon immer ehrgeizig. Bin dort auch zufrieden, aber genau dieses Wort lähmt mich immer öfter. Ich bin zufrieden, aber bin ich auch glücklich? Ist es das, was ich mein Leben lang machen will? Irgendwie schon, aber nicht so. Da sind sie wieder, die Träume, die sich ändern und ... es ist wie mit meiner letzten längeren Beziehung, Jakob. Irgendwann habe ich neben ihm gelegen und mich gefragt, ob ich das mein Leben lang aushalte. Ob ich mich im Alter noch neben Jakob im Bett liegen sehe. Ob ich mit ihm Kinder haben will, denn das ist etwas, was ich unbedingt haben will. Auch wenn meine Kindheit eine Katastrophe war, will ich das. Kinder, und zwar mehrere. Ich möchte, dass meine Kinder so ein tolles Verhältnis und so einen intensiven Zusammenhalt haben wie wir vier. Das wünsche ich mir von ganzem Herzen. Meine Schwestern und meinen Bruder liebe ich. Nicht nur, weil wir es schwer hatten. Sicher auch, aber auch weil Leeve ein guter Mensch ist und auch meine Schwestern sind genau das.

»Du hast auch Hunger, nicht wahr? Dann wollen wir dich auch mal füttern.« Einen letzten Blick zurück werfe ich auf Odin und Thor, die wieder von dannen laufen. Langsam gehe ich zum Haus zurück und hole meine noch dampfende Tasse mit Kaffee. Es ist nicht selbstverständlich, dass man eine fremde Person, na ja, ich bin die Schwester von Leeve, quasi im Haus wohnen lässt. Aber ich glaube, Leeve stört das wirklich nicht und Tanja – ich hoffe, dass es für sie in Ordnung ist. Sie hat gesagt, dass es für sie kein Problem darstellt. Es vermutlich daran liegt, dass sie auch zu Hause in ihrer Jugend immer schon Hausangestellte hatten. Außerdem hat sie gemeint und mich in den Arm genommen, dass ich jetzt ihre Schwester bin und die teilen sich ja bekanntlich fast alles. Tanja ist ein echter Glücksfall für Leeve. Schon als ich eintrete, erfüllt der Duft von Kaffee die Küche und lässt mich aufstöhnen. Ich liebe Kaffee, auch so etwas, das ich mit Tanja gemeinsam habe. Deshalb muss sie wirklich gut auf ihre Maschine achtgeben. Sie hat sich dieses Teil zugelegt, kaum dass sie bei Leeve eingezogen ist, und ich weiß aus guter Quelle, dass sie die gleiche Maschine auch in ihrer Praxis stehen hat. Lachend murmele ich vor mich hin: »Ich wüsste genau, wo ich dich hinstellen und jeden Morgen anbeten würde.« Leeve gehört, wie es sich für einen waschechten Friesen gehört, eher zur Tee-Fraktion. Was ich definitiv mit einem Lächeln akzeptieren kann. Bevor ich zur Tasse greife, gebe ich Lenny Futter und Wasser in seinen Napf. Streichle ihn, als er sich gierig über das Futter hermacht.

»Lass es dir schmecken.« Ich selbst nehme mir die Tasse mit dem dampfenden Kaffee, setze mich auf Leeves Terrasse und betrachte die Dünen. Mit dem Kauf dieses Anwesens ist für ihn ein Traum in Erfüllung gegangen, auch wenn er selbst sagt, dass er diesen Traum noch viele Jahre abbezahlen muss. Wobei dieser Druck, die Raten pünktlich zu bezahlen, sicher etwas nachgelassen hat, da Tanja jetzt mit eingezogen ist und auch etwas zum Unterhalt beitragen wird. Wenn ich ehrlich bin, ist dieses Grundstück genau das, wovon auch ich immer träume. Ein kleines Haus am Wasser und vielleicht noch einen Anbau, wo ich meine Kanzlei habe und wo auch Gäste übernachten können oder Urlauber auch mal länger bleiben können. Gerne auch Personen, die längere Zeit dort wohnen. Nicht nur eine Woche, sondern den ganzen Sommer. Ein Traum, der so schnell nicht in Erfüllung gehen wird, denn dazu fehlt mir erstens überhaupt ein Anwesen und zweitens müsste ich im Lotto gewinnen. Denn so ein Anwesen kann ich mir bestimmt nicht leisten und ob ich so kreditwürdig wäre, um überhaupt bei einer Bank angehört zu werden, will ich stark bezweifeln. Gut, ich verdiene nicht schlecht, aber so eine Investition ist hier auf der Insel oder überhaupt auf allen Inseln mittlerweile fast unbezahlbar geworden.

»Ach Lenny, du hast es schön hier und ich gönne Leeve und Tanja das alles«, seufze ich und schließe die Augen. Lasse mir die Sonne ins Gesicht scheinen und genieße den warmen Wind, der über meine Haut streicht. Als die Sonne sich hinter dichteren Wolken versteckt, wird es zwar nicht kalt, aber dunkler und ich schaue zum Himmel und murmle wieder vor mich hin: »Es kommt doch kein Gewitter auf?« Doch nein. Es ist nur etwas bewölkter und morgen oder in ein paar Stunden scheint bestimmt wieder die Sonne. Das hoffe ich nicht nur für mich, sondern auch für die vielen Touristen, die hier ihren Sommerurlaub verbringen. Schlechtes Wetter erwarten die wenigsten in den Tagen der Erholung und Regenwetter wollen sie schon gar nicht. Man kann es sich nicht aussuchen, aber in der Regel ist das Wetter in diesen Wochen stabil, abgesehen von einzelnen Gewittern, die auch mal heftiger ausfallen können. Ich nippe wieder an meiner Tasse und da ich windgeschützt auf der Bank sitze, wird mir auch nicht kalt. Doch plötzlich steht Lenny auf. Sein Schwanz wedelt nicht, im Gegenteil, man sieht an seiner ganzen Körperhaltung, dass er in höchster Alarmbereitschaft ist. Er dreht seinen Kopf zu mir, bellt.

»Was ist los? Bekommen wir Besuch?« Ich schaue mich um, aber es ist niemand da. Lenny läuft auf die Dünen zu, bellt immer wieder, bleibt stehen und schaut mich an, als wolle er mich auffordern, ihm zu folgen.

»Lenny, bleib hier!« Ehrlich gesagt habe ich ein wenig Angst, dass er Touristen erschreckt, denn dann würde ich ziemlichen Ärger bekommen.

»Lenny, was ist los?« Er rennt ein Stück auf mich zu, bellt und läuft dann wieder zu den Dünen. Merkwürdig. Es scheint, als wolle er mir etwas zeigen. Ich stehe auf, stelle den Becher auf den Tisch. Und folge ihm. Seinem Schwanzwedeln nach zu urteilen, war das die richtige Entscheidung. Er rennt zu den Dünen und ich jetzt hinterher. O Mann, ist das seine Art, mir zu sagen, dass er auf seine Gassirunde geht? Ich habe nichts bei mir und ... bleibe kurz stehen, denn wenn Lenny sich irgendwie erleichtert, habe ich nichts bei mir, um seine Hinterlassenschaften zu beseitigen.

»Lenny, komm zurück! Ich muss noch einmal ins Haus. Lenny!« Er rennt auf mich zu und ich hoffe wirklich, dass er ... so schnell ich kann, renne ich in die Küche, stopfe zwei der Tüten in meine Jeanstasche und renne zurück. Lenny steht immer noch am Rand der Dünen und bellt. Als er sieht und erkennt, dass ich ihm folge, rennt er erneut los und ich hinterher.

»Was ist denn das für ein blödes Spiel, Lenny?« Ich muss lachen. Bis ich den Grund sehe, weshalb Lenny mich in die Dünen gelockt hat. Da liegt jemand am Boden und stöhnt. Er reibt sich den Knöchel und Lenny, der brav in einiger Entfernung vor ihm steht, bellt, setzt sich und wedelt mit dem Schwanz. Mir scheint, dass der Mann etwas verängstigt ist. Denn ich höre ihn nur sagen: »Bleib brav sitzen. Ich hoffe, dein Herrchen ist in der Nähe.«

»Moin, ist er nicht. Denn ich wiederum hoffe, dass sein Herrchen irgendwo auf dem Festland in den Bergen ist. Aber sein vorübergehendes Frauchen ist hier. Haben Sie sich verletzt? Oder wollten Sie dort auf dem Boden etwas Bestimmtes suchen? Mir ist klar, dass es Naturforscher gibt, die zwischen dem Strandhafer oder im Sand irgendwelche Käfer fangen wollen, und ja, es gibt auch Kriminalisten, die nach Leichen graben, aber ich bin mir sicher, dass hier weder besondere Käfer noch Leichen herumliegen. Was aber passieren kann, und das hoffe ich für Sie wirklich nicht, ist, dass Sie hier Naturdünger von Tieren finden.« Der am Boden liegende Mann dreht seinen Kopf in meine Richtung und etwas passiert mit mir. Ein Summen, Brummen und Klirren liegt in der Luft. Es ist, als würde sich eine elektrische Spannung entladen. Als ob ... Er trägt eine Brille mit verspiegelten Gläsern und wenn ich ehrlich bin, würde ich jetzt am liebsten in seine Augen sehen. Sie sind bestimmt ... ich bin sicher, sie sind blau wie das Meer. Er sieht aus wie der Mann meiner Träume und das ist nicht gelogen. Jede Frau träumt von einem Mann, der so aussieht. Er ... er ist einfach perfekt.

»Naturdünger? Leichen? Käfer? Ich ...« Er verzieht das Gesicht zu einem Lächeln, obwohl ich dachte, dass er vorher etwas verzweifelt gewirkt hat.

»Ich bin gestolpert und wenn ich ehrlich bin, weiß ich

nicht, ob ich auf meinen Fuß treten kann und ... meine Hand, irgendetwas ist mit ihr. Ich hoffe nicht, dass es ... Naturdünger ist.« Er streckt sie mir entgegen. Ich nehme sie in die Hand und der Stromschlag, der mich jetzt trifft, nimmt mir die Luft zum Atmen. Was zur Hölle passiert hier? Und wer zum Teufel ist das?

LEON KASER

5 MONATE ZUVOR

»Sie meinen …« Ich räuspere mich und frage: »Wie lange habe ich noch?«

»Das kann ich Ihnen nicht sagen, Herr Kaser. Es tut mir leid, dass ich Ihnen keine andere Nachricht geben kann. Aber diese Krankheit ist heimtückisch. Manchmal geht es ganz schnell, dann wieder stoppt sie, bleibt auf einem bestimmten Niveau für eine gewisse Zeit stehen. Manchmal verharrt sie für immer, aber so, wie sie sich bei Ihnen entwickelt … Sie wissen selbst, wie schnell es schlimmer geworden ist. Wenn es sich so einpendelt, wird es nicht mehr lange dauern, bis Sie nicht mehr ohne fremde Hilfe leben können. Verstehen Sie mich nicht falsch, Herr Kaser. Ein selbstständiges Leben wird möglich sein. Auf jeden Fall. Aber Sie werden in der ersten Zeit Hilfe brauchen. Sie haben die Möglichkeit, sich darauf vorzubereiten. Ich rate Ihnen, dass Sie das sehr schnell tun. Damit Sie, wenn der Tag X kommt, wissen, wie Sie damit umgehen müssen. Da habe ich mich wieder falsch ausgedrückt. Damit Sie am Tag X wissen, DASS

Sie damit umgehen können. DASS Sie weiterhin ein erfülltes, selbstbestimmtes Leben führen können. Je besser Sie darauf vorbereitet sind, Herr Kaser, umso besser werden Sie diese Situation meistern. Sie sind ein starker Mann, der mitten im Leben steht. Sie schaffen das.« Ich winke ab und gebe einen Laut von mir, der auf Resignation schließen lässt oder auch darauf, dass dieser Arzt vor mir etwas Lächerliches von sich gibt.

»Ich weiß, es ist schwer zu glauben oder sich vorzustellen, aber ich bitte Sie, Herr Kaser, gehen Sie zu einer Beratungsstelle. Nein, rufen Sie dort an und lassen Sie jemanden von dort zu Ihnen kommen. Sprechen Sie mit dieser Person in Ihrem Umfeld, dort, wo Sie leben. Lassen Sie sich erklären, was möglich ist, was nicht möglich ist und vor allem, wie Sie Hilfe bekommen können. Ich kann Ihnen ein Beispiel geben. Das Erste, was Sie mit Sicherheit immer mehr verlieren werden, sind die Farben. Sie werden bald alles in verschiedenen Grautönen sehen. Das muss nicht sein, ist aber oft der Fall. Das kann ich aus Erfahrung mit anderen Patienten sagen. Ihre Kleidung, Sie werden erkennen, dass Sie ein weißes Hemd vor sich haben oder ein schwarzes Hemd, aber alles dazwischen nicht. Genau dafür gibt es Helfer. Sehen Sie sich das hier an. Ich weiß, es klingt höhnisch, aber Sie sehen noch.« Er nimmt ein Gerät aus der Schublade und hält es an sein Hemd, das, meine ich, blau ist.

»Blau.« Ich sehe es an. Dann hält er es an meinen Anzug.

»Dunkelblau.« Er hält es an meine Hose.

»Schwarz.« Ich nicke. Ja, das kann wirklich hilfreich sein, und gleichzeitig macht es mich wahnsinnig, dass ich diese Dinge, diese Geräte bald brauchen werde.

»Es gibt noch viele andere Geräte, die Ihnen helfen werden. Geräte, mit denen Sie jetzt, da Sie noch sehen können, umzugehen lernen. Ich bitte Sie inständig, schieben Sie das nicht auf. Sie sind in der glücklichen Lage, dass Sie noch sehen können, und Sie haben die Mittel. Das haben Sie mir gesagt. Sie haben ein Unternehmen, das gut läuft.« Wieder sage ich nur: »Noch.«

»Richtig, noch haben Sie eines. Die Frage wird sein, wollen Sie weiter arbeiten? Sie weiter führen oder sie verkaufen? Wenn ja, an wen? Wäre es nicht sinnvoll, dies zu tun, wenn Sie noch lesen können? Wenn Sie Herr über alle Ihre Sinne sind. Ohne Ihr Augenlicht werden Sie, und das wünsche ich Ihnen wirklich, noch sehr lange leben und das auch gut.« Wieder ein abwertendes Schnauben meinerseits.

»Gut? Ich werde behindert sein.«

»Sie werden eingeschränkt sein, nicht behindert, wie Sie sich das vorstellen. Sie werden Hilfe benötigen, ja, aber Sie bestimmen, in welchem Ausmaß. Sie können es selbst steuern, indem Sie sich darauf vorbereiten. Von heute an. Herr Kaser. Auch wenn es Ihnen nicht gefällt, was ich jetzt sage, ich muss es tun.«

»Was denn?«

»Ihr Führerschein.«

»Was ist damit?«

»Sie dürfen nicht mehr selbst Auto fahren.« Ich atme schwer aus.

»Sie müssen Ihren Führerschein abgeben, tun Sie das bitte freiwillig und zwingen Sie mich nicht, das der zuständigen Stelle zu melden.« Ich nicke. Die Last auf meinen Schultern wird immer größer. Gut, das mit dem Führerschein ist hart, aber es war abzusehen, zumal ich mich schon seit einigen Wochen nicht mehr hinters Steuer getraut habe. Ich bin nicht so blöd, andere Menschen zu gefährden. Mich selbst ... ja, das wäre eine Option. Einfach Schluss machen, aber so weit bin ich noch nicht. Noch sehe ich etwas und noch war diese Hoffnung in mir, dass es wieder besser wird. Aber der Arztbesuch heute hat mich eines Besseren belehrt. Die Werte sind um einiges schlechter geworden seit meinem letzten Besuch hier und ich spüre selbst, dass mein Sichtfeld noch weiter eingeschränkt ist. Dass die Farben nicht mehr so leuchten, wie ich sie in Erinnerung habe. Ja, mit dieser Erinnerung werde ich von nun an leben müssen. Denn es wird jeden Tag ein Stückchen dunkler und ich weiß nicht, ob ich so leben kann oder will. Ich weiß nicht, ob ich es aushalte, Hilfe anzunehmen. Hilflos zu sein. Dieser Gedanke erdrückt mich. Bisher war ich immer für mich selbst verantwortlich, musste nur auf mich vertrauen. Und jetzt ... wenn der Arzt mit einem recht hat, dann damit, dass ich, wenn ich weiterleben will, zu schwach bin, um einen Schlussstrich zu ziehen, dass ich anfangen muss, mir dieses andere Leben aufzubauen. Abdanken kann ich immer noch. Aber wenn ich nicht die Kraft dazu finde, dann muss ich mir wenigstens so viel Autonomie wie möglich bewahren. Meine Firma, mein Baby, zu verkaufen, wird schwer. Es wird mich in meinen Grundfesten erschüttern und gleichzeitig wird der Erlös aus diesem Verkauf dafür sorgen, dass ich auch im Dunkeln ein gutes Leben führen kann. Wobei ich von einem guten Leben nicht sprechen will. Was soll daran gut sein? Aber noch kann ich die Verhandlungen selbst führen. Noch weiß niemand, wie schlecht es um mich steht und warum ich verkaufen will, dass ich verkaufen muss und jemand das ausnutzen könnte oder kann. Das liegt in der Natur des Menschen, aber vor allem in der Natur des Geschäftslebens. Manager werden immer versuchen, das Beste aus einem Deal herauszuholen.

Nur drei Wochen nach diesem Arztbesuch ist alles anders. Ich hätte nie gedacht, dass es so schnell gehen würde. Aber meine Sehkraft hat sich deutlich verschlechtert und ich kann es nicht mehr verstecken. Ich habe meine Sekretärin eingeweiht und sie hat erst mal eine halbe Stunde bitterlich geweint. Was mir letztlich nicht geholfen hat. Aber danach war sie für mich da, wie in den Jahren zuvor. Sie hilft mir. Liest mir vor. Sie ist der zweite Mensch, dem ich davon erzähle. Die erste war Alex, mein Chauffeur. Ich habe ihn immer mal wieder gebucht und ihn nun gefragt, ob er sich vorstellen könnte, fest für mich zu arbeiten. Von ihm weiß ich, dass er keine Familie hat und somit nicht fest an einen Ort gebunden ist. Das war damals schon eine Voraussetzung für mich, ihn zu engagieren. Damals wusste ich aber noch nicht, was auf mich zukommen würde. Die damalige Entscheidung hat sich als eine der besten herausgestellt, die ich je getroffen habe, und kommt mir jetzt zugute. Denn Alex ist nicht nur diskret, sondern auch sehr loyal. Ich selbst habe mir den Rat meines Arztes zu Herzen genommen und bei dieser Organisation angerufen, die Blinden oder werdenden Blinden mit Rat und Tat zur Seite steht. Ich habe mir auf Empfehlung den neuesten Computer und technischen Schnickschnack gekauft und einiges bestellt, was noch nicht geliefert wurde. All diese Dinge habe ich privat gekauft, nicht auf Firmenkosten, damit ich sie nach dem Verkauf meiner Firma, der immer näher rückt, mitnehmen kann. Aber mit Unterstützung des Spezialcomputers bzw. der Software arbeite ich mich mithilfe eines Technikers ein und es hilft, das gebe ich zu, ungemein. Jetzt kann ich noch einiges mit vergrößerter Schrift lesen und zum großen Teil auch vorlesen. Bereits jetzt hilft es mir, auch wenn ich noch eine gewisse Sehkraft habe, denn von der Anstrengung, etwas deutlich lesen zu können, tut mir abends oft der Kopf weh. Jeden Morgen aber habe ich Panik, dass alles schwarz ist. Ich habe eine unglaubliche Panik davor.

Manchmal traue ich mich gar nicht, die Augen zu öffnen. Noch bin ich aber in der glücklichen Lage, dass ich selbstständig herumlaufen kann. Ich kann mich meistens überall ohne größere Probleme bewegen. Heute allerdings ist kein guter Tag. Nicht nur, dass ich feststellen musste, dass ich wieder schlechter sehe, ich habe zudem einen Gesprächstermin mit einem Kollegen, von dem ich mir erhoffe, dass er in meine Firma einsteigt. Sie mir abkauft, mir einen guten Preis zahlt und meine Mitarbeiter übernimmt. Dass mein Vater aus der Schweiz kommt, ich dort aufgewachsen bin und meine Firma dort ihren Sitz hat, kommt mir jetzt beim Verkauf zugute. Es wird sich für mich letztlich insofern auszahlen, als dass ich nicht diese immens hohen Steuern zahlen muss, die in anderen europäischen Ländern anfallen würden. Langsam und konzentriert gehe ich ins Restaurant. Es wäre mir peinlich, wenn ich mich vor allen flach auf den Boden legen würde. Aber ich habe seit ein paar Tagen ziemliche Probleme mit meinem Sichtfeld. Es wird immer kleiner und so übersehe ich oft eine Stufe oder ein Hindernis. Hier im Golfklub kenne ich mich aus und versuche mir zu merken, wo die Hindernisse waren. Zum Glück begleitet mich ein Kellner zu meinem Tisch auf der Terrasse. Ich hatte um einen Platz im Freien gebeten. Heute ist es sonnig und dementsprechend hell, was mir enorm hilft.

»Hallo Leon, bist du blind?« Verdammt, ich drehe mich zu der Stimme um und sehe ihn erst jetzt am Nebentisch sitzen.

»Hallo Raphaele. Schön, dass du es einrichten konntest.« Er sieht mich etwas irritiert an. Ich versuche, mich so normal wie möglich zu bewegen und zu geben. Noch will ich nicht, dass er Verdacht schöpft. Der Kellner steht am Tisch und fragt: »Was darf ich Ihnen zu trinken bringen?«

»Für mich bitte ein Glas Wasser und dazu ein Pils.« Ohne

es laut auszusprechen, denke ich, bitte ein großes Glas, das ich nicht übersehen kann. Mein Freund nimmt dasselbe. Doch dann ist er schnell im Businessmodus. Ja, im Golfklub, aber das ist nichts Ungewöhnliches.

»Was ist los, Leon, weshalb willst du deine Firma verkaufen? Das kann doch nicht dein Ernst sein. Jeder weiß, dass die Firma hervorragend läuft und dir in den nächsten Jahren ein Vermögen einbringen wird. Du bist ein Arbeitstier, hast alles im Griff und bist nicht der Typ, der sich auf die faule Haut legt und nur noch chillt. Der ... gibt es da eine Frau?

Ist das so? Gut, das könnte ich ja noch in Ansätzen verstehen, aber eigentlich nicht. So bist du nicht.«

»Das ist es nicht.«

»Also, wo ist der Haken?«

»Es gibt keinen. Keinen, was die Firma betrifft. Sie steht genauso da wie in den Büchern, die ich dir gegeben habe. Sie wird hervorragend geführt, wie du gesagt hast, und meine Mitarbeiter sind ausgezeichnet.«

»Aber warum willst du sie dann verkaufen? Entschuldige Leon, aber das passt nicht zu dir und bei so etwas läuten bei mir alle Alarmglocken. Niemand verkauft seine gut gehende Firma, wenn es keinen Haken gibt.«

»Zehn Millionen, Raphaele, darunter gehe ich nicht und du kennst die Bilanzen und die Bücher. Ich bin ganz ehrlich zu dir. Das wäre ich zu keinem anderen in dieser Form. Ich hätte mehr verlangt. Du weißt, dass du mit der Firma in den nächsten Jahren unglaublich gute Geschäfte machen kannst.«

»Genau. Warum verkaufst du dann?«

»Ich habe dein Wort, dass du mir die Firma abkaufst?«

»Ich wäre dumm, wenn ich es nicht täte.« Ich reiche ihm die Hand.

»Habe ich dein Wort?«

»Nur, wenn es keinen Haken gibt. Dann ja.« Er klopft, und als ich seine Hand spüre, drücke ich sie fest.

»Ich bin krank.« Er zuckt zusammen.

»Fuck Leon! Das ... wow ... damit hätte ich jetzt nicht gerechnet. Das ...«

»Habe ich dein Wort?« Er schweigt.

»Was hast du?«

»Habe ich dein Wort, Raphaele?«

»Das hast du.«

»Ich erblinde. Es scheint, dass meine Erzeuger es geschafft haben, sich zu finden und Gene zu besitzen, die eine Übereinstimmung ergeben haben, die dazu führt, dass ich diese Krankheit bekomme und erblinde. Es hat vor etwa vier Monaten angefangen und wird immer schlimmer. Mein Arzt hat mir geraten, jetzt, da ich noch ausreichend Sehkraft habe, mich um meine Angelegenheiten zu kümmern. Und wie du weißt, ist meine Angelegenheit meine Firma. Ich möchte, dass mein Baby in guten Händen weitergeführt wird. Mit ihr kann man viel Geld verdienen. Sie ist perfekt und sie passt ideal zu deiner Firma. Sie wird sich ohne Probleme integrieren.« Seine Stimme klingt anders, als er wieder spricht.

»Du musst mich nicht überzeugen, Leon, ich weiß es zu schätzen, dass du dich an mich gewandt hast.«

»Dann haben wir einen Deal?«

»Ja. Verdammt, Leon, was kann ich tun? Wie dir helfen?«

»Indem du mich so behandelst wie immer.« Der Kellner kommt an den Tisch und stellt die Getränke vor uns hin. Ich nehme das Pils und stoße mit Raphaele an.

»Danke und mach was aus meinem Baby. Fuck, ich wäre so gerne weiterhin ein Teil davon, aber ... ich muss mich erst mal auf dieses andere Leben konzentrieren und auf die

Firma, da muss sich jetzt jemand kümmern, der das mit vollem Einsatz machen kann.«

»Wie lange wird es dauern?«

»Bis ich erblinde?«

»Ja.«

»Das können mir die Ärzte nicht sagen, aber wenn es so weitergeht wie bisher, werde ich an Weihnachten die Kerzen am Baum nicht mehr sehen oder den Baum generell.«

»Fuck.«

»Du sagst es.«

»Ernsthaft, kann ich etwas für dich tun?«

»Ja. Mache aus meiner Firma etwas Großes, ich korrigiere mich, aus deiner Firma.«

LEON KASER

DREI MONATE SPÄTER.

Mit zitternden Fingern unterschreibe ich den Vertrag, den ich im Vorfeld Wort für Wort gelesen und mir teilweise habe vorlesen lassen. Er ist ohne Hintertürchen und klar formuliert. Raphaele ist fair. Ich bin mir auch sicher, dass ich das Geld per Blitzüberweisung in wenigen Stunden auf meinem Konto haben werde. Trotzdem ist es ein Abschied, der mir schwerfällt. So wie ich mich in den letzten Wochen fast täglich ein Stück von meiner Sehkraft verabschieden musste, ist dies nun ein weiterer Abschied. Ich kann zwar noch schwarz-weiß und auch Grautöne unterscheiden, selbst Farben sind noch in Ansätzen da, aber das Gesichtsfeld hat sich extrem eingeschränkt und ohne Stock geht es eigentlich nicht mehr. Ich weigere mich immer noch, ihn zu benutzen. Er ist ein Stigma für mich. Es zeigt, dass ich behindert bin, und das versuche ich so lange wie möglich hinauszuzögern. Es wird nicht mehr lange dauern, das weiß ich. Als ich unterschrieben habe, könnte ich heulen. Muss mich sehr zusammennehmen, um nicht zu weinen. Raphaele zieht den Vertrag zu sich, ich sehe, wie er den Stift ansetzt. Und unterschreibt. Dann greift er zum Handy und hat Sekunden später seinen Banker am Telefon.

»Sie können die Überweisung jetzt tätigen.« Ich schlucke. Vorbei, dieser Teil meines Lebens ist vorbei. Ein für alle Mal. Heiser, und man kann die Emotionen in meiner Stimme hören, sage ich: »Herzlichen Glückwunsch.« Stehe auf und will den Raum verlassen. Tränen rinnen mir aus den Augen, hoffentlich nicht sichtbar durch die Brille. Aber mein Abgang wird genauso, wie ich ihn nicht wollte. Jemand hat seinen Stuhl nicht richtig an den Tisch geschoben und steht mir im Weg. Da ich nicht darauf gefasst und auch ziemlich unaufmerksam bin, stolpere ich und falle auf die Schnauze. Mitten im Büro. Vor allen Anwesenden. Ich bleibe einfach liegen. Denn ich kann jetzt nicht mehr. Muss alle Kraft zusammennehmen, um nicht wie ein Häufchen Elend loszuheulen. Atme hektisch ein und aus, um mich wieder unter Kontrolle zu bekommen. Eine Stimme an meinem Ohr: »Sie sind alle weg.« Raphaele. Ich habe nicht mitbekommen, dass er die anderen hinausgeschickt hat.

»Komm hoch, ich helfe dir. Da stand ein Stuhl. Du hast ihn nicht gesehen.« Als ich endlich stehe, fühle ich mich seltsam. Obwohl ich Raphaele als guten Bekannten und nicht als Freund kenne, spreche ich ihn an, als wäre er es.

»Ich weiß nicht, ob ich das schaffe. Ich weiß es wirklich nicht, Raphaele. Ich bin … ich weiß nicht, ob es nicht besser wäre, mich in ein Auto zu setzen und Gas zu geben oder von einer Brücke zu springen und die Dunkelheit auf diese Weise zu begrüßen.«

»Das, mein Freund, und ich sage bewusst Freund, auch wenn wir uns nicht so gut kennen, wäre der absolut falsche

Weg. Das Leben ist schön. Ja, ich will und kann mir nicht vorstellen, wie es ist, nichts mehr sehen zu können. Aber ich habe einen Bruder, der im Rollstuhl sitzt. Seit einem Unfall vor zehn Jahren. Er wollte sich auch vor einen Zug werfen, sich die Pulsadern aufschneiden und was weiß ich noch alles. Aber ...«

»Aber?«

»Er hat es nicht getan, und er hat heute eine Frau und zwei Kinder, die er abgöttisch liebt. Man kann seine Einschränkung nicht mit deiner vergleichen, Leon. Aber am Ende ist es das, eine Einschränkung, und du kannst damit leben, und das gut. Mit zehn Millionen auf dem Konto und einem Privatvermögen, von dem ich annehme, dass es ordentlich ist, viel leichter als jemand, der genau das nicht hat. Dass du blind wirst, ist eine große Kacke. Dass mein Bruder nicht mehr laufen kann, nicht mehr so Sex haben kann wie wir, ist auch Mist. Was meinst du, wie oft er damit hadert, weil er seine Frau nicht mehr so beglücken kann wie vorher, oder anders gesagt, weil er diese Gefühle nicht mehr in der Form spürt, wie früher. Aber die beiden haben sich ein wunderbares Leben aufgebaut. Sie lieben sich und sind eine wunderbare, starke Familie. Die sich durchgekämpft hat und die zusammenhält. Und wenn du jetzt sagen willst, wie du bitte eine Frau finden sollst, die mit deiner Krankheit klarkommt, kann ich nur sagen: Mein Bruder hat auch eine Frau gefunden, die mit seiner Einschränkung klarkommt, die das nicht als Problem sieht. Vielleicht machst du dir zu viele Sorgen über etwas, was keine Sorgen sein sollte. Dass du nichts mehr sehen kannst, du blind wirst, dass du die Welt nicht mehr in den Farben sehen kannst, wie sie ist, ist ein großer Verlust, aber du hast die Chance, sie auf eine andere Art und Weise zu entdecken. Auf eine Art, die wir Sehende schon verloren haben oder die wir völlig ignorieren. Denk an die vielen Düfte. Du wirst dein Gehör schulen, es wird sich unglaublich entwickeln. Du wirst mit deinen anderen Sinnen sehen, und ich weiß, dass du ein tolles Leben haben wirst.«

»Du solltest Psychologe werden.« Er lacht.

»Das nicht, ich führe lieber ein Unternehmen, aber ich meine jedes Wort, das ich sage, ehrlich.« Ich schweige.

»Danke. Kannst du mir zum Auto helfen? Ich bin noch etwas wackelig auf den Beinen.« »Selbstverständlich. Was hast du als Nächstes vor?«

»Du willst wissen, ob ich meine Drohung wahr mache?«

»Nein. Denn das wirst du nicht. Das war wirklich eine Frage, deren Antwort mich interessiert.« Einen Moment überlege ich, doch dann macht sich etwas in mir auf den Weg. Wünsche und Sehnsüchte aufzuschieben, ist etwas, was ich nicht mehr tun sollte. Nicht die, für die ich noch ein wenig Sehkraft brauche.

»Ich werde nach Amrum fahren. Lasse mich fahren.«

»Amrum? Ist das nicht irgendwo am Ende der Welt?« Er lacht und fügt hinzu: »An die Nordsee also?«

»Ja. Dort habe ich als Teenager ein paar Monate gelebt. Im Ferienhaus des damaligen Lebensgefährten meiner Mutter. Das war eine schöne Zeit. Ich denke ... ja, ich werde dorthin fahren und noch einmal die Weite des Meeres betrachten, vielleicht noch einmal den Sonnenuntergang sehen und ... mein Arzt meinte, ich könnte eine Art Liste erstellen, was ich noch sehen will. Totaler Blödsinn. Damit quäle ich mich nur noch mehr. Aber Amrum. Ich glaube, das wäre eigentlich eine gute Idee.«

»Hört sich für mich nach einem guten Plan an, Leon. Wirklich. Mach das. Du kannst es dir gut gehen lassen und in Ruhe überlegen, was du jetzt mit deinem Leben anfangen willst. Und sag jetzt nicht, dass es nichts mehr gibt. Denn das stimmt nicht. Ich wette mit dir heute, jetzt, nachdem ich dir deine wirklich hervorragende Firma abgekauft habe, dass du in fünf Jahren wieder eine Firma haben wirst. Eine andere, aber du wirst auch ohne Augenlicht wieder etwas auf die Beine stellen. Wenn nicht, dann hast du dein Glück auf eine ganz andere Art und Weise gefunden und das, Leon, würde mich noch mehr freuen.« Ich sage zunächst nichts. Aber die Worte von Raphael tun mir richtig gut. Irgendwie. Sie sind nicht mitleidig oder abgehoben oder so, wie andere Menschen mit Behinderten reden, sondern er spricht nicht anders mit mir als damals, als er noch nicht wusste, dass ich erblinden würde.

»Geht es dir jetzt besser?«

»Hm.«

»Komm, ich bringe dich zu deinem Auto und Leon, lass dir helfen und hol dir einen Blindenstock.« Jetzt das! Ich kann nicht fassen, wie er mit mir spricht und gleichzeitig ... genau das tut mir gut.

LEON KASER

ZWEI TAGE SPÄTER

Während ich im Auto sitze und Richtung Norden fahre bzw. gefahren werde, denke ich an dieses Gespräch zurück. Raphaele hat mich in die Tiefgarage geführt, zu meinem Auto. Der Chauffeur, Alex, wartete bereits und fährt mich nach Hause. Dort angekommen, packe ich. Und das geht eigentlich ganz gut. Ich habe in den letzten Wochen begonnen, alles an seinen Platz zu legen, damit ich nicht lange suchen muss. Es dauert zwar länger und ist anstrengender, aber es geht und ich bin froh darüber. Der Blindenstock, den ich mir bereits gekauft habe, liegt noch im Kofferraum. Ich ... ich weigere mich noch, ihn zu benutzen. Als wir auf die Fähre fahren, wackelt das Auto. Ich muss eingeschlafen sein, wache auf und sehe mich um.

»Sind wir wirklich bereits auf der Fähre?«

»Ja, Herr Kaser. Wir sind bald da. Möchten Sie an Deck gehen?«

»Ja, gerne.« Als wir geparkt haben, steige ich aus. Mein Chauffeur geht neben mir an Deck und ich kann mich an ihm orientieren. Wenn es ein Hindernis gibt, macht er mich darauf aufmerksam. Das macht er gut, vor allem unauffällig, was ich sehr an ihm schätze. Als ich den Wind im Gesicht spüre und auf das Meer hinausschaue, wird mir bewusst, dass es eine wunderbare und gute Idee war, hierher zu fahren. Ich muss laut gesprochen haben, denn Alex sagt: »Es wird Ihnen guttun. Sie müssen zur Ruhe kommen und sich neu orientieren. Dafür haben Sie sich einen guten Fleck ausgesucht.«

»Das hoffe ich. Die Ferienwohnung oder Kate, wie sie hier im hohen Norden genannt wird, soll direkt am Meer liegen. Gleich hinter den Dünen. Ich habe Ihnen ein Zimmer in Nebel reserviert, ich hoffe, das ist okay für Sie. Aber ... ich werde Sie wahrscheinlich ein paar Mal brauchen.«

»Herr Kaser. Ich glaube, es gibt schlimmere Orte zum Arbeiten als hier, und wenn Sie nicht in fünf Minuten meine Dienste benötigen, ich auch mal spazieren gehen kann, kommen wir gut miteinander aus.«

»Was kein Problem darstellt, der Handy-Empfang soll hier gut sein. Es ist schön hier, zumindest in meiner Erinnerung.«

»Das stimmt. Wir sind bald da und sollten zurück zum Auto.« Ich nicke, schaue noch einmal aufs Meer und drehe mich anschließend um. Gehe hinter ihm her, wie vorhin, zum Auto. Die Treppe hinunter ist das Schwierigste. Oder anders gesagt, der erste Schritt ist der kniffligste, weil ich dieses eingeschränkte Sichtfeld habe, das es mir unglaublich schwer macht, Entfernungen zu erkennen oder das, was direkt vor mir ist. Deshalb übersehe ich oft diese Hindernisse oder Stolperstellen. Ja, ein Stock würde helfen, aber dann würden wieder alle sehen, dass ich ... es wird nicht mehr lange dauern und er wird ein Teil von mir sein. Aber so lange wie möglich möchte ich nicht das Gefühl haben, dass die Leute mich mitleidig ansehen oder diese komische Fürsorge an den Tag legen. Alex macht das gut. Er hilft, ohne sich aufzudrängen, als wäre es nichts Besonderes, er ist wie Raphaele, das merke ich immer mehr, je länger ich darüber nachdenke. Er scheint zu ahnen, dass mich alles andere stören oder deprimieren würde. Als wir im Auto sitzen, rumpelt es bald und wir fahren von der Fähre. Ich blicke aus dem Fenster, aber ich muss zugeben, dass ich nicht viel sehe. Es strengt mich an, die schnell vorbeiziehende Landschaft zu betrachten, wobei schnell eigentlich ein Wort ist, das man hier auf der Insel nicht in den Mund nehmen sollte. Schnell fährt man hier nicht. Es ist eher ein gemächliches Dahingleiten. Alex hat von mir die Adresse meiner Unterkunft bekommen und nach gut zwanzig Minuten parkt er in einer Einfahrt. Was ich noch erkennen kann, sieht richtig gemütlich aus. Ein Häuschen, mit Reet eingedeckt, das Dach reicht tief nach unten. Alles wirkt aufgeräumt und übersichtlich und ich werde mich hier gut zurechtfinden, da bin ich mir sicher. Als Alex anhält, steige ich aus. Er geht mir voraus, öffnet mir die Tür und weist mich in seiner unkomplizierten Art mit klaren Worten auf Stolperfallen hin. Dass es zur Haustür eine Stufe gibt. Dasselbe hinten auf der Terrasse zu den Dünen zum Strand. Mehr nicht. Noch sehe ich alles, sehr klein zwar, aber mit etwas Geduld werde ich mich hier zurechtfinden. Zumal ich vieles schon irgendwie aus dem Gefühl heraus schaffe, wenn ich weiß, wo was ist. Es dauert nur alles länger und manchmal, ja, da mache ich Fehler. Ich werfe auch mal einen Teller oder ein Glas auf den Boden und dann sind Scherben da, die ich dann mühsam mit dem Besen aufkehren muss oder Hilfe in Anspruch nehmen muss. Deshalb frage ich Alex noch genau danach. Er schaut sich um und stellt den Besen links neben die Tür.

»Herr Kaser, wenn es ein Malheur gibt, dann fegen Sie die

Scherben bitte genau in diese linke Ecke. Dort können Sie keinen Schaden anrichten und ich werde sie beseitigen, wenn ich vorbeikomme.« Ich nicke nur. Denn vermutlich wird das passieren, da mache ich mir nichts vor, und vielleicht schneller als mir lieb ist. Nachdem er sich verabschiedet hat, fragt er nicht zehnmal, ob er gehen soll, sondern meint nur: »Meine Telefonnummer haben Sie ja, zögern Sie nicht, anzurufen.« Das ist alles und er geht. Ich atme tief durch, denn wenn ich ehrlich bin, habe ich ein wenig Angst vor dem Fremden. Aber dann strömt die salzige Luft in meine Lungen und ich werde wieder ruhig. Fasse mich und sehe mich in der Kate um. Alex hat meinen Koffer noch ins Schlafzimmer getragen, die Treppe hoch und ich erkunde auch dort den Raum. Der sich als der leichteste Raum erweist. Ein Bett, ein Schrank, mehr nicht. Im Bad werde ich mich auch zurechtfinden. Es hat ein großes Fenster und es wird genug Licht in den Raum fallen, damit ich mich zurechtfinden kann. Ich stelle den Rasierapparat und mein Waschzeug an den Platz, den ich mir dafür ausgesucht habe. Dann gehe ich in den Raum, der meine größte Herausforderung sein wird. Die Küche. Langsam öffne ich alle Schubladen und versuche herauszufinden, was sich darin befindet. Bald kann ich die Essigflasche nicht mehr von der Ölflasche unterscheiden, also mache ich zur Sicherheit den Geruchstest und stelle alles an den Platz, wo ich es auch wiederfinde. Ich habe das Tourismusbüro gebeten, den Kühlschrank zu füllen und auch dafür zu sorgen, dass genügend Getränke im Haus sind. Sogar Kaffeepulver habe ich geordert und die Maschine steht, wie ich es erwartet habe, auf der Anrichte. Da ich in Zürich nur eine Haushaltshilfe hatte, die für mich geputzt, eingekauft und meine Wäsche gewaschen hat, wäre es für mich kein Problem, zumindest den Kaffee selbst zu kochen. Nur blind oder sehbehindert ist das eine neue Herausforderung. Aber auch das klappt. Ich bin fast stolz, als ich nach einiger Zeit den Kaffee zubereitet habe und mit einer Tasse auf diese kleine, wunderschön gelegene Terrasse trete. Dort spüre ich den Wind, rieche die salzige Luft und höre das Meer rauschen. Es muss Flut sein. Den Geräuschen nach zu urteilen sind auch ein paar Leute am Strand und amüsieren sich. Ich höre sie mit einem Ball spielen und ich höre Jugendliche, die einander anfeuern. Ich erinnere mich, dass die Frau von der Touristeninformation erwähnt hat, dass es in der Nähe eine Jugendherberge gibt. Langsam komme ich zur Ruhe und versuche, die vergangenen Tage und Wochen Revue passieren zu lassen. Arbeitslos. Ich bin Privatier, wie man so schön sagt. Kann tun und lassen, was ich will. Könnte mit dem Geld, das ich besitze und auch vor dem Verkauf angehäuft habe, alles machen, was ich mir je erträumt habe, nur geht das jetzt nicht mehr. Diese Zeit ist vorbei. Ich werde ... ich spüre, dass ich in Selbstmitleid verfalle, und das will ich nicht. Noch sehe ich etwas. Noch ist es nicht so weit, dass um mich herum alles dunkel ist. Dass die Welt schwarz und kalt ist. Als ich den Kaffee ausgetrunken habe, beschließe ich, zum Strand zu gehen. Langsam, den Kopf immer auf den Boden gerichtet, gehe ich den kleinen Pfad entlang, den ich gut erkenne. Den Stock nehme ich nicht mit. Dazu bin ich zu stolz oder zu dumm. Aber dann wieder erfüllt es mich mit Freude, dass ich es noch schaffe. Die Frau vom Tourismusbüro hat gesagt, dass zu der kleinen Kate ein Strandkorb gehört. Dass ich nur den Weg entlang gehen müsse und er dann rechts vor einer Düne stehen werde. Er hätte die Nummer sieben. Langsam laufe ich weiter Richtung Strand und ich habe recht, die Flut muss hier sein. Die Wellen rauschen laut und das Wasser ist ganz nah. Als ich den Strand erreiche, lasse ich meinen Blick schweifen.

Ja, ich erkenne Menschen, die sich am Strand bewegen und ich erkenne auch Strandkörbe. Außerdem sehe ich, dass sich auf dem Wasser etwas schnell bewegt. Ich vermute, dass es Surfer sind. So genau kann ich das nicht mehr erkennen. Was ich aber sehe, ist der Strandkorb zu meiner Rechten, in den ich mich setze. Ehrlich gesagt hat mich bereits der kurze Weg angestrengt, gut, ich bin ihn zum ersten Mal gegangen. Morgen wird es bestimmt viel besser gehen. Ich atme tief durch, als ich im Korb sitze. Irgendwie auch erleichtert und schaue hinaus aufs Meer. Auf die Weite, die ich so nicht mehr lange sehen werde. Bald werde ich nur noch die Schwärze der Nacht vor Augen haben. Das ... das macht mir Angst. Große Angst. Der sehr nette Mann von der Beratungsstelle hat mich mit klaren und auch deutlichen Worten auf das vorbereitet, was kommen wird. Er hat mir keine Angst gemacht, im Gegenteil. Er hat mir gezeigt, dass man mit der Blindheit alleine leben kann. Man muss sich aber disziplinieren. Dazu gehört vor allem, die Dinge immer an den gleichen Platz zu stellen. Unordnung ist das reinste Gift für einen Sehbehinderten. Er sagte auch, dass das für meine Angehörigen und Freunde gilt. Er war aber auch ehrlich und sagte, dass genau das oft zu Ärger oder Unzufriedenheit führen kann. Muss es aber nicht. Er hat mir aber auch Mut gemacht, dass es viele Dinge gibt, die mir das Leben erleichtern. Ich kann auf elektronische Helfer zurückgreifen. Sie zu bedienen oder wie ich mit ihnen umgehen muss, wird meine wichtigste Aufgabe in den nächsten Wochen und Monaten sein. Er hat mir mit klaren und deutlichen Worten, ohne Mitleid in der Stimme, gesagt, dass blind sein nicht hilflos sein bedeutet. Dies trifft auf mich glücklicherweise zu, da ich in der finanziellen Lage bin, mir jeden elektronischen Schnickschnack kaufen zu können, den ich will. Auch die Neuheiten ausprobieren kann, die zukünftig auf den Markt kommen werden. Und er hat mir eine Liste gegeben, was ich mir anschaffen soll. Einiges davon habe ich längst und ein paar andere Dinge, die ich sehr interessant finde und von denen ich mir sehr viel verspreche, werden in den nächsten Tagen geliefert. Hierher nach Amrum in diese Kate, die ich für den Sommer komplett gebucht habe. Alex geht von vier Wochen aus, aber wenn alles gut geht, bleibe ich bis zum Ende der Saison hier. Das ist mein Plan. Aber wer weiß, was noch alles auf mich zukommt. Doch ich weiß es. Es ist Schwärze. Ich weiß, dass die Dunkelheit auf mich zukommt.

STRANDKORB SIEBEN

O, was für ein netter Mann da auf meinen Kissen sitzt, und doch spüre ich in ihm eine tiefe Verzweiflung oder etwas Endgültiges. Außerdem ist er etwas unbeholfen auf mich zugekommen. Irgendetwas stimmt nicht mit ihm. Aber ich werde es herausfinden. Er ist jedenfalls alleine. Und wer weiß, vielleicht ist er die Person, der ich in diesem Sommer die Magie der Liebe schenken kann. Ihn damit überschütten kann. Wer kann das schon sagen?

LEON KASER

Da der Blick auf die Uhr mittlerweile ein Lotteriespiel ist, ich aber feststelle, dass es definitiv dunkler geworden ist, frage ich mein Handy nach der Uhrzeit und beschließe, zurück zur Kate zu gehen. Dort auf der Terrasse noch die letzten Sonnenstrahlen des Tages zu genießen. Es war trotz allem ein anstrengender Tag. Die Ankunft, das Kennenlernen der Kate. Der erste Gang zum Strand, das war alles nicht so einfach und hat mich irgendwie angestrengt. Eine Ausrede, ich weiß genau, dass die letzten Monate seit dieser beschissenen Diagnose ein emotionales Auf und Ab waren und mein Körper einfach Ruhe braucht. Vor allem, um sich auf das Kommende einzustellen. Mein Verstand weiß es, mein Herz weiß es auch, aber mein ICH, mein wahres ICH kommt damit einfach nicht klar.

»So mein gemütlicher Sitzplatz. Für heute ist es genug. Aber ich bin mir sicher, dass ich in den nächsten Wochen noch oft hier bei dir sitzen werde. Da ich nicht mehr so mobil bin, wird das bestimmt öfter der Fall sein, als dir vielleicht lieb ist. Aber ich denke, wir beide kommen gut miteinander aus.« Spreche ich wirklich mit einem Strandkorb? Um meine psychische Gesundheit muss es schlimmer bestellt sein, als ich dachte, oder ich merke, dass ich außer der Arbeit nicht viel Leben hatte. Nicht viele Freunde habe, die jetzt an meiner Seite wären. Diejenigen, denen ich mich anvertraut habe und von denen ich dachte, dass sie es wären, haben sich ziemlich schnell zurückgezogen, nachdem sie es erfahren haben. Kommen nicht damit klar, dass ich nicht mehr der agile Typ von vor ein paar Monaten bin. Gerade als ich aufstehen will, klingelt mein Handy.

»Ein Anruf von Raphaele.« Wenn ich ehrlich bin, habe ich gerade an ihn gedacht. Deshalb begrüße ich ihn auch entsprechend.

»Kannst du Gedanken lesen?«

»Was meinst du?«

»Ich habe gerade an dich gedacht.«

»An mich?«

»Ja. Warum rufst du an? Gibt es Probleme?«

»Gibt es nicht, ich rufe aus Interesse an. Wie geht es dir?« Ich schweige. Raphaele scheint einer von denen zu sein, die vielleicht ein echter Freund werden könnten. Einer, der bleibt. Und deshalb, auch weil ich weiß, dass seine Frage nicht auf mein Augenlicht zielt, antworte ich ihm ehrlich.

»Es fühlt sich komisch an. Ich fühle mich ... entwurzelt. Das klingt ziemlich dumm, oder?«

»Nein. Tut es nicht, denn genau das ist passiert. Dein Leben, wie du es bisher gekannt hast, ist endgültig und für immer vorbei. Aber glaube mir, es wird weitergehen und du wirst eine neue Aufgabe finden. Eine andere als die bisherige, aber du bist ein disziplinierter Kämpfer, einer, der keine Mühe und Arbeit scheut. Gib dir Zeit.«

»Das werde ich ... Im Moment sitze ich in einem Strandkorb direkt am Meer und lausche den Wellen, die leiser werden. Die Ebbe setzt ein. Noch ist das Wetter schön, aber ich wollte kurz vor deinem Anruf noch einmal zu Kate auf die Terrasse, damit ich nicht Gefahr laufe, mich in den Dünen zu verlaufen, wenn es dunkel wird.«

»Du bist also wirklich nach Amrum gefahren?«

»Ja.«

»Sehr gut. Ich habe ein richtig gutes Gefühl dabei. Wer weiß, vielleicht mache ich mal einen Abstecher zu dir. Bleibst du länger dort?«

»Ja. Und du kannst gerne vorbeikommen. Die Kate verfügt über ein Gästezimmer. Raphaele?«

»Ja.«

»Danke.«

»Wofür noch mal?«

»Dass du mir das Gefühl gibst, noch ein Mann zu sein und kein Behinderter, der zur Last fällt.«

»Dieser Aussage entnehme ich, dass sich viele zurückgezogen haben.«

»Ich hatte nie viele soziale Kontakte, aber ja, sie sind extrem dürftig geworden. Und interessanterweise sind es eher die ... die ich nicht auf dem Schirm hatte, die bleiben.«

»Jetzt fühle ich mich geehrt.«

Lachend meine ich: »Lass es dir nicht zu Kopf steigen.«

»Ich muss.«

»Danke für deinen Anruf, Raphaele, das meine ich ehrlich.«

»Ich weiß, und vielleicht komme ich wirklich auf das Angebot mit dem Gästezimmer zurück.«

»Das würde mich freuen.« Als er aufgelegt hat, muss ich lächeln. Was ein Telefonat alles bewirken kann. Ich werde mein Leben nicht alleine meistern müssen. Ich werde Menschen an meiner Seite haben. Vielleicht Menschen, die ich jetzt noch gar nicht kenne, die aber in mein Leben treten werden. Ich verstaue mein Handy sorgfältig in meiner Hosentasche, denn ja, dieses Ding ist in der Zwischenzeit einfach wichtig für mich, und gehe langsam zur Kate zurück. Es klappt erstaunlich gut. Aber ich muss zugeben, wenn es dunkel oder bewölkt ist, wird es schwieriger, denn der Pfad ist nicht sehr breit und es gibt einige Unebenheiten. Ich bin froh, dass ich es ohne Sturz schaffe, und mache mir in der Küche eine Stulle Brot. Dazu gönne ich mir ein Glas Wein. Warum auch nicht. Als ich sitze, klingelt erneut mein Handy.

»Ja?«

»Moin, hier ist Rieke von der Touristeninformation. Hallo Herr Kaser, ich wollte mal nachfragen, ob Sie alles zu Ihrer Zufriedenheit vorgefunden haben oder ob noch etwas fehlt, was wir Ihnen besorgen dürfen.«

»Danke, dass Sie anrufen. Bis jetzt ist alles zu meiner vollsten Zufriedenheit. Vielen Dank. Aber wie ich Ihnen schon im Vorfeld gesagt habe, wird es von Zeit zu Zeit notwendig sein, dass mir etwas gebracht wird.«

»Was überhaupt kein Problem darstellt. Sie rufen mich an und ich werde mich darum kümmern.«

»Danke.«

»Haben Sie den Strandkorb gefunden?«

»Den auch. Ich habe den Nachmittag dort verbracht und die Ruhe genossen.«

»Das freut mich sehr. In diesem Fall, Herr Kaser, wünsche ich Ihnen einen schönen Aufenthalt auf unserer Insel.«

»Den werde ich ganz bestimmt haben. Danke.« Daraufhin legt sie auf, ich trinke meinen Wein aus und gehe tatsächlich ins Bett. Nach einer ausgiebigen Dusche schlafe ich tief und fest ein, denn ich spüre, dass ich völlig erschöpft bin. Da ich das Fenster geöffnet habe, höre ich beim Aufwachen die Vögel draußen zwitschern. Allerdings wird mir kurz darauf kalt. Denn die Vögel zwitschern bereits, doch im Zimmer ist es dunkel. Aber die Vögel zwitschern, wenn es hell ist, und ich ... es ist dunkel! Für einen Moment bekomme ich Panik. War das gestern der letzte Tag, an dem ich etwas gesehen habe? Ich kann nicht anders, ich fange an zu zittern. Ich reiße die Augen weit auf und versuche, etwas zu sehen, zu erkennen. Mein Atem rast. Schnell stehe ich auf und komme wieder zu mir. Atme ein paar Mal tief ein und aus und frage meine Uhr nach der Uhrzeit.

»Es ist fünf Minuten vor vier Uhr morgens.« Vier Uhr! Es ist noch nicht hell genug, dass ich etwas sehen kann. Trotzdem, aber vor allem um mich zu vergewissern, dass mein Augenlicht noch vorhanden ist, knipse ich das Licht an und erkenne Umrisse. Der erleichterte Atemzug, den ich nun mache, muss noch in Zürich zu hören sein. Ich bin nass geschwitzt. Auch wenn ich damit rechnen muss, eines Tages blind zu sein, ist es noch zu früh, ich ...

»Es ist noch zu früh, ich bin noch nicht so weit«, flüstere ich vor mich hin. Die Angst hat bewirkt, dass ich völlig schweißgebadet bin. So kann ich mich nicht mehr ins Bett legen. Deshalb gehe ich ins Bad. Schalte auch hier das Licht an und dusche mich kalt ab, um mich danach wieder für ein paar Stunden ins Bett zu legen. Obwohl ich dachte, nicht mehr einschlafen zu können, überkommt mich erneut die Müdigkeit und ich nicke ein. Als ich erneut aufwache, sagt mir die Stimme meiner Uhr, dass es kurz vor neun Uhr ist. Meine Sehkraft ist noch da, aber, und das muss ich akzeptieren, sie hat sich wieder ein wenig verschlechtert. Vielleicht war es gestern schon so, aber heute Morgen ist es deutlich.

Die Farben sind blasser. Alles wird grau. Aber ich kann noch sehen. Nach dem Frühstück, das ich auf der Terrasse einnehme, hole ich meinen Laptop und beginne, ein wenig darauf zu arbeiten. Wie sich das anhört, denn arbeiten ist das sicherlich nicht. Aber ich checke meine Konten, mein Depot. Versuche, zu lernen, mit dem Laptop umzugehen. Mit der Stimme zurechtzukommen. Schreibe auch eine Nachricht an Alex, dass es mir gut geht, auch das ist Übung. Danach logge ich mich in ein Forum ein, in dem sich Blinde austauschen. Dort habe ich schon einige Tipps bekommen und hier hört jeder jedem zu, aber bemitleidet niemanden. Da ich heute Morgen feststellen musste, dass die Farben wieder mehr verblasst sind, tippe ich genau diese Nachricht ein und erhalte prompt Antworten, aufmunternde Nachrichten, aber auch klare und deutliche Worte.

»Es wird Zeit, dass du den Stock nimmst.«

»Ich hoffe, du hast den Farblaser bereits zur Hand, damit du nicht plötzlich in rosa Unterhosen herumläufst.« Es sind Sätze wie diese, in denen viel schwarzer Humor steckt, die mich zum Schmunzeln bringen.

»Habe ich längst, wer will schon in rosa Unterhosen gesehen werden.« Danach aber beschließe ich, mir etwas zu essen einzupacken und mir ein Hörbuch auf mein Handy zu laden, das ich schon lange lesen wollte und nun halt hören werde. Dazu lade ich mir noch ein paar Tageszeitungen und Börsenberichte herunter und gehe langsam den Trampelpfad entlang zu meinem Strandkorb. Wieder ohne Stock. Diesmal klappt es wesentlich besser und da die Sonne scheint, finde ich den Strandkorb ohne Probleme. Dort setze ich mich hinein und tue erst einmal genau das nicht, was ich tun wollte. Nämlich gar nichts. Einfach nur dasitzen und aufs Meer schauen, das langsam zurückkommt. Schließe auch mal

die Augen, lausche und versuche mir vorzustellen, wie es sein wird, wenn es um mich herum schwarz wird. Die Sonne brennt auf meiner Haut und ich spüre die Sandkörner, die wie kleine Nadelstiche auf meine Haut treffen. Es ist dieser Schmerz, der mir bewusst macht, dass ich noch lebe. Dass ich nicht tot bin, nur weil ich nichts mehr sehen werde. Ich spüre auch keine Kälte auf meiner Haut, sondern Wärme. Die Sonne wärmt meinen Körper. Es wird nicht so sein, dass ich nur noch Kälte in mir spüre, wenn es um mich herum Nacht wird und doch wird mich dieser Verlust in meinen Grundfesten erschüttern. Denn wenn ich die Augen öffne und die Weite des Meeres sehe, wenn auch bereits jetzt nur einen kleinen Teil davon, dann kommen mir die Tränen. Das alles nie wieder sehen zu können, erdrückt mich. Ich lehne mich in meinem Strandkorb zurück und beginne etwas zu lesen oder zu hören und nicke dabei langsam, aber sicher ein.

STRANDKORB 7

Er ist sehr traurig, mein Besitzer auf Zeit, und ich weiß noch nicht weshalb. Mir scheint, er hat einen schweren Verlust zu verkraften. Ist seine große Liebe gestorben? Oder ist es etwas gänzlich anderes? Ich kann es nicht sagen, nur dass er, nachdem er sich diese Stöpsel in die Ohren gesteckt hat, sich langsam, aber sicher entspannt hat. Sich zurückgelehnt hat und eingeschlafen ist. Ich werde ihn behüten und hoffen, dass er hier seinen inneren Frieden findet und noch mehr die Liebe. Noch kann ich nicht sagen, wer zu ihm passen könnte und noch ist er nicht so weit, aber mein Zauber wird ihn erreichen, da bin ich mir ganz sicher.

LEON KASER

Als ich wieder zu mir komme, bläst mir der Wind ins Gesicht. Ich fühle den Sand auf meinen Lippen. Der Wind muss sich gedreht haben. Vorsichtig öffne ich die Augen, immer in der Erwartung, nichts zu sehen. Aber diesmal habe ich sogar eher Angst, dass Sand hineingelangt. Ich fahre mir über Gesicht und Körper und stelle fest, dass ich wirklich länger geschlafen haben muss, wirklich alles ist voller Sand.

»Wow, das ist ja eine Ansage.« Der Wind bläst genau aus der Richtung, in der der Strandkorb steht. Schnell, damit nicht noch mehr Sand auf die elektronischen Geräte gelangt, stehe ich auf und packe sie in den Rucksack, schließe ihn und lege ihn auf die Sitzfläche. Versuche, den Strandkorb zu drehen, was nicht leicht ist. Wenn ich an den Wind denke, weiß ich auch, wieso. Sie würden sofort umfallen und weggeweht werden. Doch mit aller Kraft schaffe ich es irgendwann, sie so auszurichten, dass ich weiter darin sitzen kann, ohne dass Wind und Sand an mich gelangt. Kaum sitze ich wieder, fühlt sich alles viel wärmer an. Ich beschließe, die Stulle zu essen und etwas zu trinken, danach aber arbeite ich ein wenig, versuche noch einmal, mit dem Laptop zu arbeiten. Ich bin aber, das muss ich zugeben, froh, dass morgen oder übermorgen die Lieferung mit dem neuen Laptop ankommt, mit dem ich ganz ohne Lesen arbeiten kann. Wobei ich nichts zu arbeiten habe, was gelogen ist. Die vielen Millionen müssen verwaltet werden. Ich könnte das der Bank anvertrauen, aber ... nein, das kann ich einfach nicht. Es geht noch eine gewisse Zeit, auch wenn es anstrengend ist. Doch es funktioniert. Noch kann ich die neue Technik der Geräte, die ich mir gekauft habe, auch mit den Augen erlernen. Ein immenser Vorteil, wie mir der nette Mann von der Blindenhilfe gesagt hat. Er wird mir auch helfen, wenn ich damit nicht zurechtkomme und für ein paar Tage anreisen, so habe ich es mit ihm vereinbart. Vermutlich würde er das nicht bei jedem so machen, aber das viele Geld, was ich habe, ist der Vorteil, von dem alle reden. Denn damit kann ich mir genau diese Extras leisten. Plötzlich wird es dunkel. Ich schaue in den Himmel. Frage mein Handy nach der Uhrzeit. Es wäre noch Zeit, mich ein wenig umzusehen. Na ja, das mit dem Sehen ist so eine Sache, aber ich fühle mich ausgeruht und auch irgendwie mutig genug, langsam den Strand entlangzugehen. Gesagt, getan. Ich schultere meinen Rucksack, schaue mich um. Es ist zwar nicht mehr so hell, wie ich es gerne hätte, aber ich finde mich noch ganz gut zurecht. Bevor mich der Mut verlässt, gehe ich los. Um mich herum sind Stimmen zu hören. Ich erkenne, dass es eher jugendliche Stimmen sind, und gehe davon aus, dass es sich um Gäste der Jugendherberge handelt. Den Geräuschen nach zu urteilen, spielen sie mit einem Ball. Ich hoffe, dass ich nicht mitten durch das Spielfeld gehe, aber ich scheine einen Weg um sie herum gefunden zu haben oder sie sagen nichts. Plötzlich stehe ich vor einem Korb und als ich ihn umrunden will, vor dem nächsten. Angestrengt versuche ich zu erkennen, was das sein soll, und schnell wird mir klar, dass die Jugendlichen eine Art Strandkorbburg gebaut haben. Ich erinnere mich noch gut daran. Ein Lächeln huscht über mein Gesicht. Was war ich damals betrunken, als ich mit den Jugendlichen am Strand gesoffen habe, um es mal salopp auszudrücken. Meine Mutter war entsetzt, aber ihr Freund noch mehr, denn ich war so freundlich, ihm in den Vorgarten zu ... na ja, es war eine ziemlich peinliche Angelegenheit. Während ich nachdenke, habe ich es geschafft, die Strandkorbburg hinter mir zu lassen, und gehe einfach weiter. Die Stimmen werden leiser, ich ruhiger. Auch bin ich stolz auf mich, dass ich es ohne Probleme und ohne den Stock schaffe, hier entlangzugehen. Noch lässt mich mein Augenlicht nicht im Stich. Vielleicht ... Hoffnung keimt in mir auf, vielleicht hält der Verlauf an oder verlangsamt sich. Wunschdenken. Ich weiß es selbst. Es gibt keine Hoffnung. Nicht dafür. Ich weiß nicht, ob der Gedanke mich frösteln lässt oder ob es wirklich kälter wird, aber ich beschließe, umzudrehen, und in diesem Moment wird mir klar, wie dumm es war, so weit von der Kate wegzugehen. Dazu wird es dunkler, eine Wolke scheint sich vor die Sonne geschoben zu haben ... Ich versuche, mich an den Geräuschen zu orientieren. Was, wie ich feststelle, verdammt schwer ist. Waren da nicht vorhin die Jugendlichen? Ein Ball, den ich gehört habe? Im Moment ist da eher nichts zu hören. So gar nichts irgendwie. Nicht einmal das Meer und die Wellen. Wenn ich ehrlich bin, und das will ich nicht sein, bekomme ich ein wenig Panik. Es wäre dumm, ins Watt zu laufen. Allerdings würde ich es hoffentlich unter meinen Füßen spüren. Da ist kein Schlick. Ich habe Glück. Die Sonne kommt wieder hinter den

Wolken hervor und ich sehe, dass ich auf dem richtigen Weg bin. Glaube ich. Zumindest führt ein Bohlenweg in die Dünen und das wiederum bedeutet, dass ich an einem Haus, vermutlich der Jugendherberge, herauskommen und Menschen treffen werde. Es war, wenn ich ehrlich bin, eine blöde Idee, alleine loszugehen. Es war dumm. Alleine finde ich nicht mehr zurück in die kleine Kate. Langsam gehe ich den Bohlenweg entlang, das klappt sogar ganz gut, er gibt mir eine Richtung vor und dann werde ich übermütig und gehe etwas schneller. Bis sich plötzlich erneut eine Wolke vor die Sonne schiebt, es schlagartig dunkel wird und ich einen falschen Schritt mache. Ich knicke mit dem Fuß um und falle mit einem lauten, ich meine, Autsch hin. Zum Glück lande ich fast weich. Im Sand. Nur mit der Hand habe ich das Holz gestreift und mir einen Span in die Handfläche gerammt. Alles zusammen ist scheiße. Ich könnte Alex anrufen. Er würde mich sicher finden, wenn ich ihn mein Handy orten lasse, aber noch ... ich will nicht, dass er mich so hilflos findet, nach diesen im Prinzip wenigen Stunden hier auf Amrum. Langsam versuche ich aufzustehen und muss feststellen, dass es gar nicht so einfach ist. Kaum sitze ich wieder, höre ich etwas sich nähern. Es klingt wie ein Tier und wie ich schnell feststelle, bellt genau dieses Tier. Es ist ein Hund, ein frei laufender Hund und dem Geräusch nach ein großer Hund. Als er vor mir steht, erkenne ich ihn auch. Er ist nicht klein, wirklich nicht und er hat eine lange Zunge und ich kann auch sehen, dass er große weiße Zähne hat. Ja, die erkenne ich. Aber was ich nicht höre, ist, dass er ein Herrchen hat.

»Du bist ein guter Hund und dein Herrchen kommt bestimmt gleich um die Ecke, auch wenn es hier keine Ecken gibt, aber da bin ich mir ganz sicher und ich brauche keine Angst vor dir zu haben. So einen alten Knochen wie mich willst du bestimmt nicht fressen. Ehrlich, ich schmecke nicht.«

»Lenny! Lenny, wo bist du?«, höre ich eine Stimme rufen, begleitet von Schritten. Die Person, zu der die Füße gehören, bleibt kurz darauf neben mir stehen.

»Bleib ruhig sitzen. Ich hoffe, das Herrchen kommt gleich.« Ein charmantes Lachen ertönt und sie spricht und zaubert mir mit ihren Worten ein Lächeln ins Gesicht, ob ich will oder nicht.

»Ist er nicht, denn ich hoffe, dass sein Herrchen irgendwo auf dem Festland in den Bergen weilt. Aber sein vorübergehendes Frauchen ist hier. Haben Sie sich verletzt? Oder wollten Sie dort etwas Bestimmtes suchen? Ich weiß, dass es Naturforscher gibt, die in den Dünen Käfer einfangen möchten, und Kriminalisten, die nach Leichen suchen, aber ich bin mir sicher, dass hier weder besondere Käfer noch Leichen herumliegen. Was aber passieren kann, und das hoffe ich wirklich für Sie, ist, dass Sie hier natürlichen Dünger von Tieren finden.« Fassungslos schaue ich sie an und dann wird alles seltsam. Die Luft zwischen uns bewegt sich. Ich spüre die Energie zwischen uns, auch wenn ich sie nicht deutlich sehen kann. Aber sie ist ... was passiert hier gerade? Auch sie ist still, als wäre sie wie ich von einem Zauber umgeben. Ich bin mir sicher, dass diese Frau, die ich nicht einmal richtig erkennen kann, einfach perfekt ist. Irgendwie sickert in mein Gehirn, was sie gesagt hat und dass sie vielleicht eine Antwort will. Aber was soll ich antworten? Unwillkürlich muss ich grinsen.

»Naturdünger? Leichen? Käfer?« Es geht nicht anders, auch wenn ich vorhin, gebe ich zu, verzweifelt war und es irgendwie immer noch bin, ihre Anwesenheit, ihre Lockerheit, ihr Humor hilft mir. Hilft mir auch, ehrlich zu sein.

»Ich bin gestolpert und wenn ich ehrlich bin, weiß ich nicht, ob ich auf meinen Fuß treten kann und ... meine Hand, etwas ist mit ihr. Ich hoffe nicht, dass es ... Naturdünger ist.« Lachend strecke ich sie ihr entgegen. Sie nimmt sie in die Hand und der Stromschlag, der mich jetzt trifft, nimmt mir die Luft zum Atmen und vor Schreck ziehe ich sie beinahe zurück. Was zum Teufel ist das? Oder wer zum Teufel ist das? Und wie ... Ich schaue sie an. Will ihre Augen sehen. Erkennen, ob es ihr geht wie mir oder ob ich mir das alles nur einbilde und dann wieder ... wenn ich sie doch nur sehen könnte! Die Stimmung verändert sich irgendwie. Es ist, als würde sich ein Schatten über mich legen. Trauer macht sich breit. Sehen. Wie gerne würde ich sie wirklich sehen. Sie ist es, die den Schatten vertreibt und mir hilft. Nur mit dem Klang ihrer Stimme. Die so ... erfrischend anders ist. So rein und ehrlich. Was denke ich für einen Blödsinn und dann wieder, aber genauso ist es.

LEEVKE BOGER

»Nein, kein Naturdünger, sondern ein ziemlich übler Span, der in der Handfläche stecken geblieben ist. Den müssen Sie sich beim Sturz irgendwie eingefangen haben. Ich frage mich wirklich, wie Sie das gemacht haben … verdammt.« Ich sehe ihn an. Dann frage ich mich, wie er überhaupt da liegen konnte. Da ist diese verspiegelte Sonnenbrille, die er nicht abnimmt. Auch die Tatsache, dass er mir nicht direkt in die Augen schaut, lässt nur einen Schluss zu.

»Sie sehen nicht gut, oder?«

»Hm.«

»Okay. Dann helfe ich Ihnen auf den Bohlenweg. Können Sie aufstehen? Nicht laufen, nur aufstehen?«

»Wenn Sie mir vielleicht helfen, sicher.« Er reicht mir auch seine zweite Hand und ich ziehe ihn hoch. Er verzieht schmerzhaft sein Gesicht, als er versucht, auf seinem Bein zu stehen.

»Wenn Sie nur einen Schritt auf mich zu hüpfen oder laufen, dann können Sie sich wieder hinsetzen.«

»Du. Ich bin Leon.«

»Leevke.« Er hüpft einen Schritt auf mich zu und steht genau richtig.

»Jetzt setz dich einfach wieder hin. Das ist der Bohlenweg. Du bleibst jetzt einfach hier sitzen. Lenny bleibt bei dir.«

»Lenny?«

»Der Hund von meinem Bruder. Ich bin gleich wieder da. Denn ohne Krücken wird das nichts, und ich weiß, dass Leeve welche in der Abstellkammer hat. Zum Glück für dich hatte er letztes Jahr ein ähnliches Problem wie du. Mit den Krücken kannst du zu mir humpeln. Tragen kann ich dich nicht. Aber mit den Krücken wird das kein allzu großes Problem sein. Hey, lauf nicht weg, ich bin gleich wieder da. Lenny, bleib hier. Pass gut auf Leon auf.« So schnell es geht, laufe ich zurück zu Leeves Anwesen und hole die Krücken, die ich gestern zufällig dort gesehen habe. Nehme noch etwas Verbandsmaterial und eine Pinzette aus dem Erste-Hilfe-Kasten, der seit Tanjas Ankunft hier gut gefüllt ist, sowie etwas Desinfektionsspray und gehe zurück zu dem Mann auf dem Bohlensteg, der mein Innerstes zum Vibrieren bringt. Leon. Und Leon sieht nicht gut. Er ... er berührt etwas in mir, mit dem ich mich im Moment nicht auseinandersetzen kann ... weil. Zuerst ist es nur die Tatsache, dass er Hilfe braucht. Ich werde ihn zu Doc Hinnek bringen oder ins Krankenhaus. Aber ich bin mir sicher, dass nichts gebrochen ist, sonst könnte er nicht auftreten. Es wird eine Verstauchung sein. Nur ob die Bänder beschädigt sind, weiß ich nicht, das kann vielleicht der Doc sagen, wenn nicht, dann jemand aus dem Krankenhaus. Was ich nicht verstehe, ist, wie er auf dem Steg gelandet ist. Und warum er allein ist, wenn er schlecht sieht oder blind ist oder … Ich sehe ihn auf den Brettern sitzen. Lenny ist neben ihm und bewacht ihn irgendwie. Aber er schaut mich an, schwanzwedelnd.

»Hallo, ich bin wieder da.«

LEON KASER

Mit diesen Worten geht sie einfach weg und dem Hecheln nach ist der Hund immer noch bei mir.

»Na du?« Ich schaue ihn an und er kommt auf mich zu. Setzt sich wieder und wartet. Als ich ihn nicht verscheuche, steht er noch einmal auf und legt sich neben mich und ich kann nicht anders, als ihn zu streicheln.

»Na, du bist ja ein ganz lieber und liebebedürftiger Kerl.« Er legt seinen Kopf auf meinen Oberschenkel und bleibt einfach bei mir liegen. Wahnsinn. So verrückt das alles ist, es beruhigt mich. Dieser Hund beruhigt mich. Er gibt mir Sicherheit. Ich schaue in den Himmel. Weiß nur nicht, ob es bewölkt ist oder ob ... ob die Sicht im Laufe des Tages schlechter geworden ist. Eines ist mir in den letzten Monaten klar geworden: Es kann manchmal sehr schnell gehen. Zu schnell. Ich bin einfach noch nicht bereit für die Dunkelheit. Ich kraule den Hund weiter, und ohne es wirklich zu realisieren, rede ich mit ihm. Er kann mir nicht antworten oder jemandem erzählen, dass ich schon so tief gesunken bin, dass ich mit Tieren spreche.

»Ich kann nicht fassen, dass ich mich so verlaufen habe. Ich wollte doch nur ein paar Schritte am Strand entlang gehen. Auf dem Weg habe ich den Bohlenweg gesehen und gedacht, um meinen Radius etwas zu erweitern, gehe ich diesen entlang. Was nicht ganz stimmt. Weißt du, Lenny, ich habe mich verlaufen. Und leider hat sich auch noch eine ziemlich große Wolke vor die Sonne geschoben und das Licht wurde plötzlich weniger. Meine Spezialbrille, die wirklich die besten Gläser hat, konnte mir auch nicht mehr helfen. Vielleicht verklage ich die Firma.« Ich muss selbst über diese Worte lachen. Aber dann spreche ich weiter.

»Als mir klar wurde, dass das keine so gute Idee war und ich lieber weiter den Strand entlang in Richtung meiner Kate gehen sollte und ich umdrehen wollte, passierte es und ich lag auf meinem werten Hinterteil. Weißt du Lenny, ich war kurz davor, Alex anzurufen. Das ist mein Chauffeur und der Mann, der mir auch ein wenig hilft und ... er ist, wenn ich ehrlich bin, mein Kindermädchen. Das nervt mich, aber ich bin von ihm abhängig, auch wenn ich mir das noch nicht eingestehen will. Dieses eigenständige Leben ... will und kann ich nicht aufgeben, das würde mich umbringen. Ich will niemandem zur Last fallen. Aber wenn es wirklich noch schlimmer wird, dann ... Lenny, ich ...« Er bewegt sich, steht auf, bleibt aber dicht bei mir und kurz darauf höre ich eine Stimme. Die von Leevke. Ein hübscher Name und eine noch angenehmere Stimme.

»Sie ... deine Herrin, wie sagt sie, auf Zeit, scheint sehr nett zu sein. Ich mache ihr Arbeit. Sie hat bestimmt Urlaub, aber … nein, sie hat was vom Festland erzählt und vom Urlaub ihres Bruders. Und … er hatte Krücken. Also vielleicht ist sie sogar von der Insel. Ich hoffe nur, dass ich sie nicht von irgendwas abhalte. Das würde mir nicht so recht sein. Aber wenn sie mit dir hier draußen war, nehme ich an, dass sie mit dir eine Runde laufen wollte? Weißt du, ich bin hier mitten im Nirgendwo und wenn ich ganz ehrlich zu mir bin, und ich gebe es nur ungern zu, habe ich wirklich keine Ahnung, wo ich bin. Da war ein Strandkorb und … das sollte mir eine Lehre sein. Aber ich bin … stur und ein Dummkopf, ich weiß.« Der Hund, also Lenny, hebt den Kopf. Ich lausche und höre, wie jemand den Bohlenweg entlang kommt.

»Braver Lenny. Ich bin es, Leevke. Versteht ihr euch gut?«

»Auf jeden Fall. Der Hund hat sich von mir verwöhnen lassen.«

»Das kann ich mir vorstellen. Hast du wieder ein Opfer gefunden, das dich streichelt und krault?«

»So in etwa.«

»Kann ich deine Hand haben? Ich habe hier eine Pinzette und werde mal den Holzspan entfernen, der da nicht hingehört.« Es geht schnell, sie gibt noch etwas Kühles auf die Wunde und sagt kurz: »Desinfektionsspray.« Danach wickelt sie einen Verband um die Hand.

»Hoffentlich geht das mit den Krücken.« Sie packt ihre Sachen in eine Tasche und stellt sich vor mich.

»Dann wollen wir dich mal wieder in die Senkrechte bringen.« Als sie meine Hände greift und mich zu sich hochzieht, schiebt sich die Wolke weg von der Sonne und es wird hell. Ich sehe sie. Sehe sie ganz genau, weil sie direkt vor mir steht.

»Wow.«

»Wow?«

»Du siehst toll aus.« Sie runzelt die Stirn.

»Entschuldige, das war unhöflich. Aber das Licht. Die Sonne. Sie hilft mir zu sehen. Ich benötige viel Licht, damit ich am Ende des Tunnels gut sehen kann. Und wenn meine Augen dann so etwas Schönes sehen, freue ich mich.« Sie ist verlegen, auch das erkenne ich sehr gut.

»Danke Gott, dass du diese Wolke hast verschwinden lassen und ich meine Retterin sehen kann.« Sie lächelt und mir wird warm. Dort, wo in den letzten Wochen so oft die nackte, kalte Angst herrschte, ist Wärme zu spüren. Langsam löst sie sich von mir. Räuspert sich und nimmt die Krücken auf.

»Hier. Ich hoffe, es geht mit der Hand. Du musst auf dem Bohlenweg aufpassen, die Bretter sind ziemlich uneben. Aber wenn du neben mir gehst, kann ich dir die Stolperstellen ansagen und danach fahre ich dich zu Doc Hinnek.«

»Ich benötige keinen ...« In diesem Moment muss ich mich auf dem Fuß abstützen, um nicht hinzufallen, und ein »Aua« entweicht meinen Lippen.

»Ah, ein harter Kerl. Tja, ich würde sagen, Doc Hinnek sollte sich dich wirklich mal ansehen. Oder soll ich jemandem Bescheid sagen, dass du verletzt bist?«

»Nein ... ich ... nein, das brauchst du nicht.« Langsam gehen wir den Weg entlang und sie sagt nur ein paar Mal Bescheid, wenn Stolperstellen kommen. Als ich mit ihr bei ihrem Haus ankomme und sie auf ihrer Terrasse auf eine Bank zeigt, auf die ich mich setzen kann, bin ich ehrlich gesagt froh. *So ein Mist*, denke ich. Ich habe keine Ahnung, wo ich bin. Meine Kate müsste rechts von diesem Haus stehen, aber so genau kann ich das jetzt nicht mehr sagen. Blöde Situation. Ich könnte Alex anrufen, damit er mich abholt, aber dann wieder ... diese Leevke scheint eine sehr nette Frau zu sein, und welcher Mann kann schon einer netten Frau widerstehen? Ich muss lächeln. Sie scheint genau das zu erkennen, denn nur wenige Sekunden später spricht sie mich darauf an.

LEEVKE BOGER

Ich kann Leon nicht richtig einschätzen. Er sieht noch ein wenig, viel kann es nicht sein, denn er ist nicht unbedingt trittsicher, das ist etwas anderes. Als wir auf der Terrasse ankommen, sage ich ihm, dass er sich doch auf die Bank setzen möchte, was er auch tut und dann huscht ein Lächeln über sein Gesicht, das mir den Atem verschlägt. Was für ein Mann! Wie schön er aussieht, wenn er lächelt.

»Was ist so lustig?«

»Nichts ist lustig, ich fühle mich wohl. Ich bin von einem wunderschönen weiblichen Wesen gerettet worden. Wer kann das schon von sich behaupten?«

»Lenny ist ein Rüde.« Er stockt bei dieser Bemerkung und fängt dann laut an zu lachen, und irgendwie habe ich das Gefühl, dass er schon lange nicht mehr so befreit gelacht hat. Aber dieses Lachen verändert ihn unglaublich. Dieses Brummen in meinem Kopf und dieses Kribbeln in meinem Bauch. Er ist ... anders als alle Männer, die ich bisher kennengelernt habe, und dann wieder ... obwohl ich ihn eigentlich zum Arzt bringen sollte, frage ich ihn: »Willst du eine Tasse weltbesten Kaffee? Ich war gerade dabei, dem weltbesten Getränk zu huldigen, und ich habe auch den weltbesten Kuchen hier. Übrigens aus der weltbesten Konditorei der Insel.«

»Na, bei so viel Weltbestem kann ich gar nicht mehr widerstehen. Du hattest mich allerdings bereits bei dem Wort Kaffee.« Wieder muss ich lächeln und auch er verzieht seine Lippen zu einem Grinsen. Schnell gehe ich in die Küche und stelle zwei Teller bereit. Zum Glück habe ich mir zwei Stück Kuchen gegönnt und lasse Leon und mir je eine Tasse aus der Maschine laufen. Beides stelle ich vor ihn hin. Und frage ihn: »Wo willst du die Tasse haben, links oder rechts?«

»Rechts bitte.« Dann setze ich mich ihm gegenüber.

»Ich werde demnächst eine Diebin. Was ist dein Geheimnis?«

»Zur Diebin?«

»Ja. Meine Schwägerin weiß es noch nicht, aber diese Luxuskaffeemaschine wird auf wundersame und ganz und gar zufällig in meinem Kofferraum landen und nie wieder gesehen werden. Ich muss dazu sagen, dass ich keinen Besuch mehr in meiner Wohnung gestatten werde und …« Er fängt an zu lachen, und wieder bin ich entzückt, wie er sich verändert, wenn er das tut. Alle Anspannung fällt von ihm ab und ja, ich bin ein bisschen gemein, weil ich ihm genau in diesem Moment eine Frage stelle.

»Wo kommst du denn her? Ich meine, du hast dich doch bestimmt nicht in die Dünen gebeamt. Wie ein Außerirdischer siehst du nicht aus und, wie schon am Bohlensteg erwähnt, wie ein Naturschützer ebenfalls nicht. Gut, du könntest noch ein Bankräuber sein und deinen Schatz ausgraben wollen. Aber dazu fehlte dir die Schaufel. Klar hast du einen

Rucksack, aber …« Wieder schaffe ich es, ihn zum Lachen zu bringen, damit ihm die Situation nicht zu unangenehm wird. Er muss mir nicht antworten. Einiges kann ich mir selbst zusammenreimen.

»Ich bin gestern, wenn ich mich nicht ganz irre, rechts von diesem Haus hier untergekommen.«

»In der Kate Niemeyer. Na dann …« Wieder summt es in mir. Ich ignoriere es und rede weiter.

»Ah, du bist also der Besucher, der es für den ganzen Sommer gemietet hat und sogar ein Zimmer für seinen Chauffeur in Nebel und einen Dauerparkplatz reserviert hat.« Er blickt mich an. Fragend und ich sage nur: »Inselfunk.«

»Aha und was erzählt der Inselfunk sonst noch?«

»Noch nicht viel, aber das wird sich ändern. Da du einen Chauffeur in Nebel untergebracht hast. Das ist nichts Besonderes, aber dass du dir nicht eine der noblen Villen gemietet hast, wirft Fragen auf, denn eigentlich sieht alles danach aus, dass du … also … dass du …«

»Geld hast … meinst du.«

»Ja. Wie gesagt, das wirft Fragen auf und auch, dass Rieke dafür sorgen sollte, dass genug Essen im Haus ist. Ich habe an ein älteres Ehepaar gedacht, wenn ich ehrlich bin. Was ist mit deinen Augen?« Ich bin direkt und merke, wie er sich ein wenig zurückzieht. Er denkt nach.

»Ich wollte nicht unhöflich sein. Aber warum sollte ich nicht fragen, du hast ein Problem damit, das kann ich nicht übersehen.«

»Hm.« Ich trinke einen Schluck Kaffee und schaffe es sogar, ein Stück von diesem Kuchen zu essen.

»Wow.«

»Hab ich doch gesagt. Der weltbeste Kuchen.«

»Kommt hin. Ich habe vor fünf Monaten erfahren, dass

ich erblinden werde. Ich habe den absoluten Jackpot erwischt, der aus der genetischen Vermischung meiner Eltern entstanden ist. Dieses Schicksal wurde bereits bei meiner Zeugung besiegelt, nur habe ich es, wie gesagt, erst vor fünf Monaten erfahren.«

»Retinitis Pigmentosa?«

»Ja.«

»Scheiße.«

»Kann man so in einem Wort zusammenfassen und trifft es auf den Punkt. Ich finde es gut, dass man in einem Wort Dinge ausdrücken kann, die ... Ich komme sehr schlecht damit klar. Mein ganzes Leben verändert sich und ich gebe zu, dass ich sogar daran gedacht habe, es zu beenden. Freiwillig in die Dunkelheit zu gehen. Den Zeitpunkt zu bestimmen. Ein Freund, von dem ich nicht einmal wusste, dass er ein Freund ist, hat mich davon abgehalten und mir auch geraten, mich in Ruhe auf das neue Leben vorzubereiten, das mich bald erwartet oder das schon zu neunzig Prozent angekommen ist. Ich ... ich war als Jugendlicher hier auf der Insel, ein paar Monate lang, vor vielen, vielen Jahren. Daran habe ich mich erinnert und spontan beschlossen, dass es vielleicht eine gute Idee wäre, das Meer, die Weite des Ozeans noch einmal zu sehen. Zwar werde ich auch jetzt nicht viel sehen, aber ich kann es mir – einbilden? Ich wollte es zumindest versuchen, bis es ganz dunkel ist. Ich muss dazu sagen, dass mir niemand sagen kann, wie schnell die Krankheit fortschreitet. Es ist durchaus möglich, dass es zu einem Stillstand kommt, aber das ist noch nicht passiert. Im Gegenteil, es wird ... schlimmer oder dunkler. Jeden Morgen ein bisschen mehr. Im Moment habe ich sogar Panik, wenn ich aufwache, das gebe ich zu. Die Idee, in die Berge zu gehen, also dieses Projekt durchzuführen, fand ich nicht so klug, zumal ich nicht alleine dorthin hätte gehen können.«

»So einen Freund zu haben, ist gut. Es ist gut, dass er mit dir geredet hat und dich davon abgehalten hat, diese Dummheit zu tun. Die Tatsache, dass du hierhergekommen bist, war auch eine gute, allerdings ...«

»Ja?«

»Die Berge sind gefährlich, doch es ist auch nicht ungefährlich hier alleine ohne ... was ich sagen will, wenn Ebbe ist, dann kann man sich im Watt verlaufen. Du wüsstest nicht, in welche Richtung das Land ist. Du hattest Glück, dass du hier gelandet bist und nicht im Wasser.«

»Den Schlamm hätte ich gespürt.«

»Stimmt. Aber es verirren sich auch sehr viele Sehende im Watt und das beinahe täglich.«

»Ich hatte den Bohlenweg erkannt und dachte, ich erkunde mal meine Umgebung. Ich wollte gerade umdrehen, da es mir zu uneben wurde. Da bin ich gestolpert ... ich hätte den Stock mitnehmen sollen. Aber ich tue mich schwer damit. Es ist ein Zeichen. Jeder kann dann sehen, dass ich ... Ich tue mich schwer damit, dass jeder sehen kann, dass ich ... dass ich ... ein Problem habe.«

»Wie dumm ist das denn! Mir sieht man auch an, dass ich ein Problem habe.« Er blickt überrascht und auch fragend in meine Richtung.

»Ich habe keinen Mann. Bin 30 Jahre alt und bin immer noch solo.«

»Das ist doch ...«

»Nicht das Gleiche? Ich bitte dich. Einen Stock benötigen viele Menschen. Du hast heute Vormittag Krücken bekommen, die hatte Leeve mein Bruder, als er letztes Jahr vom Dach gefallen ist, damit er gehen konnte. Du brauchst einen

Stock, damit du den Weg findest, und betagtere Menschen nehmen einen Rollator, um sicher von a nach b zu gelangen. Wenn du ihn nicht benutzt, schränkst du dich ein, und schlimmer noch, du gefährdest dich. Also in meinen Augen ist der erste Teil, der, dass du dich einschränkst, schon Grund genug, ihn zu benutzen. Der zweite, dass du dich gefährdest und dieser ist noch der viel größere. Außerdem solltest du den Kuchen essen. Denn du sagtest ja, dass er wirklich hervorragend ist. Lenny würde ihn dir zwar sehr gerne abnehmen, aber mein lieber Lenny, Kuchen ist wirklich nichts für Hunde.« Leon sitzt still da. Er scheint mir so, als ob er über meine Worte nachdenken würde. Irgendwann, als er den Kuchen beinahe gegessen hat, meint er: »Dieser Kuchen ... du hattest recht, er schmeckt fantastisch. Und das andere ... ich ... auch damit. Nur es fällt mir einfach schwer.«

»Was ich tatsächlich verstehen und nachvollziehen kann. Allerdings hätte ich auch gerne einen Mann. Single zu sein, gefällt mir wirklich auch nicht besonders gut. Doch das Leben hat so seine ganz eigene Idee, was es mit uns vorhat, oder?« Wieder überzieht ein Lächeln sein Gesicht. Und wenn er lacht, ist dieser Mann wunderschön.

»Noch einen Kaffee?«

»Gerne.« Als ich in der Küche stehe, atme ich tief durch. Was nur macht dieser Mann mit mir? Ich kenne ihn noch keinen Tag und doch ... das Vibrieren in mir hört überhaupt nicht mehr auf. Er ist so anders, so ... völlig anders als jeder Mann, den ich je kennengelernt habe. Nicht, dass ich Mitleid mit ihm hätte. Klar ist das, was ihn ereilt Mist und er darf auch auf mein Mitleid hoffen, doch das tut ihm nicht gut. Das habe ich längst erkannt und dieser Freund ebenfalls. Er braucht jemand, der ihm bewusst macht, dass das Leben auch mit Blindheit ein schönes Leben sein kann. Ich wette, er war vor der Diagnose ein sehr selbstständiger Mann. Er scheint keine Freundin zu haben. Ich trete wieder mit der Tasse Kaffee nach draußen und betrachte sein Profil von hinten. Alles an ihm ist ein wahr gewordener Traum.

»Hier.« Er macht eine Bewegung, die Tasse rutscht ein Stück über den Tisch und der Kaffee schwappt über.

»Langsam.« Er zittert, denn ihm wird wieder bewusst, was diese Blindheit mit sich bringt. Ich weiß nicht warum, aber ich lege meine Hand auf seine. Halte sie und sage: »Es ist nichts Schlimmes passiert. Ich hole einen Lappen und es ist nur ein kleiner Schluck, der auf der Tischplatte liegt.« Er holt tief Luft und nickt. Schnell gehe ich zurück in die Küche und hole einen Lappen, um das kleine Malheur zu beseitigen. Als ich mich wieder hinsetze und er so still ist, frage ich ihn nach seinem Fuß.

»Tut dein Knöchel weh?«

»Höllisch, wenn ich ehrlich bin.«

»Dann rufe ich jetzt Doc Hinnek an, und frage, ob wir kurz vorbeikommen können. Ich fahre dich.«

»Das brauchst du nicht.«

»Ich weiß, aber ich mache das sehr gerne. Danach bringe ich dich zu deiner Kate und lasse mich von dir auf ein Glas Wein einladen.« Ich lächle, was er nicht sieht. Deshalb sage ich zu ihm: »Ich habe frech gegrinst und hoffe, du nimmst es mir nicht übel, Leon.« Wie er sich verändert, wenn er lächelt. Ich seufze innerlich. Was für ein toller Mann. Aber dann nehme ich mein Handy und rufe Doc Hinnek an und frage, ob ich kurz mit Leon zu ihm kommen kann. Ich sage ihm, dass er gestolpert ist und ich nicht glaube, dass er sich etwas gebrochen hat, aber zur Sicherheit möchte ich, dass er sich das mal anschaut.

»Natürlich Leevke. Hast du was von Leeve und Tanja gehört?«

»Nein. Und ich hoffe auch nicht, dass ich in den nächsten Tagen etwas von ihnen höre. Sie sollen ihre Flitterwochen genießen und die freien Tage zu zweit in vollen Zügen auskosten.« Er antwortet mir noch, doch dann lege ich auf und Leon fragt nach.

»Honeymoon?«

»Mein Bruder hat am Wochenende geheiratet. Und ist mit Tanja, die jetzt seine Frau ist, in die Flitterwochen gefahren. Ich habe angeboten, mich um Lenny, Thor und Odin und seine Damen zu kümmern.«

»Jetzt verwirrst du mich.«

»Thor und Odin sind zwei Esel, die er zusammen mit diesem Anwesen hier gekauft hat.«

»Esel.«

»Richtig. Zwei sehr nette Gesellen. Ich kann dich ihnen vorstellen, aber erst, wenn du beim Doktor warst. Lenny kennst du ja schon.«

»Und wer sind die Damen?«

»Kannst du dir das nicht denken?«

»Im Moment nicht.«

»Hühner. Er hat auch ein paar Hühner, die ihm die täglichen Eier liefern, die er für sein Omelett zum Frühstück braucht.«

»Aha!« Wieder dieses Lachen. »Ich gebe zu, ich bin neugierig auf den Göttervater, der hier auf Amrum lebt, und sein Sohn hat auch noch keine Frau gefunden?« Ich kann nicht anders und muss lachen.

»Nein, er scheint viel von mir zu haben.«

»Was ich gar nicht verstehen kann.«

»Was?«

»Da du keine Eselin bist, verstehe ich nicht, dass dich noch kein Mann geschnappt hat. Ich glaube, ich würde dich über meine Schulter werfen und in meine Höhle tragen und dort einsperren. Aber ...« Sein Gesichtsausdruck verändert sich.

»Was?«

»Na ja, was soll's. Vielleicht sollten wir zu diesem Arzt gehen?«

»Aber sehr gerne. Du musst mir nur folgen. Lenny, geh mal zur Seite.« Wenig später sitze ich mit Leon im Auto. Er ist still, zu still. Die Sache mit dem Schulterwurf und der Höhle hat ihm seine Unzulänglichkeit vor Augen geführt, und das sollte nicht sein.

»Ich hatte Beziehungen. Einige. Viele würden sagen, zu viele. Aber es war nie ein Mann dabei, der mich nicht so akzeptieren konnte, wie ich bin. Alle hatten immer eines gemeinsam. Sie wollten die liebe, nette Leevke haben, sie haben sich auch gut mit ihr verstanden, aber letztendlich wollten sie mich verändern, sie wollten eine Frau aus mir machen, die so ist, wie sie sich eine Frau vorstellen. Eine, die den Haushalt schmeißt, die ihnen den Rücken freihält, die an ihrer Seite schön glänzt. Aber keiner von ihnen wollte SICH ändern. Das stand nie zur Debatte und ich hätte es auch nie von einem verlangt. Verstehst du mich? Ich war es, die sich anpassen sollte. Nicht sie sich mir und das mussten sie nicht. Eine Beziehung sollte gleichberechtigt sein. Eine Beziehung sollte keine Forderungen beinhalten, wenn, dann sollte jeder etwas in die Beziehung einbringen. Aber nicht fordern. Wenn dann Sätze kamen wie: ‚Leevke ich bitte dich, so kannst du dich nicht an meiner Seite zeigen oder aufführe', dann wusste ich, dass es zu Ende geht. Warum kann ein Mann nicht dazu stehen, eine Frau an seiner Seite zu haben, die selbstbewusst ihr Leben führt und ihre Vorstellung von Leben lebt? Ich rede jetzt nicht von solchen Dingen, wo man aufeinander zugehen muss, wenn man ein gemeinsames Leben aufbaut und führt. Das fängt bei mir schon damit an, dass der eine dem anderen vorschreibt, wie er sich zu kleiden hat. Ach, ich rede gerade totalen Mist.«

»Nein, tust du nicht. Es ist interessant und auch lehrreich.«

»Was meinst du damit?« Seine Stimme hat sich verändert. Auch sein Gesicht hat eine undurchdringliche Maske angenommen. Ich überlege, was ich gesagt habe, dann setze ich den Blinker und halte an. Er schaut sich um.

»Ist hier ein Arzt?«

»Du wirst eine Frau finden, die dir den Rücken stärkt und den Haushalt schmeißt. Was ich gesagt habe, war dumm, wenn man bedenkt, dass du erblinden wirst. Aber ich glaube auch, du hast mich völlig missverstanden. Es geht darum, was ein Mann von mir erwartet. Du erwartest von einer Frau nicht, dass sie dir den Rücken freihält oder den Haushalt führt. Du erwartest von einer Partnerin, von einer Frau, dass sie mit dir glücklich ist, dass sie ihr Leben mit dir verbringt. Oder bist du jemand, der seiner Freundin sagt, wie sie sich zu verhalten hat, damit du vor anderen gut dastehst? Bist du jemand, der ihren Kleidungsstil ändern würde? Wenn ich gelb und rosa mag, was schrecklich an mir aussieht, würdest du, wenn du es sehen könntest, mich deswegen nicht mehr zu deinem Chef mitnehmen? Zu einer Party oder zum Essen? Würdest du von mir verlangen, mich zu verstellen und etwas anderes anzuziehen? Oder würdest du mit deiner selbstbewussten Frau lachend und stolz zu ihm gehen und mich ihm vorstellen? Das meine ich mit verstellen.« Er schweigt.

»Ich kann mich vielleicht nicht so gut ausdrücken, aber

ich hoffe, du verstehst, was ich meine. Vielleicht ist das mein eigentliches Problem, dass ich meine Wünsche nicht richtig ausdrücken kann, dass ich missverstanden werde.« Plötzlich, ich habe keine Ahnung, wie es passiert ist, sind da warme Lippen auf meinen. Blitze durchzucken meinen Körper, elektrische Spannungen entladen sich zwischen unseren Lippen und in meinem Mund ist ein Geschmack, den ich nie mehr in meinem Leben vergessen werde. Leon löst sich von mir, schaut mich an, sieht mir direkt in die Augen und dann lächelt er.

»Ich rede zu viel, du hättest mir einfach sagen können, dass ich die Klappe halten soll.« Er beugt sich wieder zu mir und diesmal ist der Kuss intensiver, aber nicht weniger schön. Er ist perfekt. Einfach perfekt. Wie zum Teufel kann so etwas in so kurzer Zeit passieren? Als er sich wieder von mir löst und ich mit den Fingern meine Lippen berühre, seufze ich, denn ... ich weiß einfach, dass gerade etwas sehr Wichtiges passiert ist. Langsam setze ich wieder den Blinker und wir fahren die paar Minuten bis zur Praxis von Doc Hinnek bzw. Tanja. Es ist still im Auto. Es ist keine unangenehme Stille, aber eine, die ich nicht beschreiben kann.

LEON KASER

Diese Frau! Leevke, allein dieser schöne Name, den es in der Schweiz oder in Süddeutschland wirklich sehr selten, wenn überhaupt, gibt, bringt etwas in mir zum Klingen. Keine Ahnung, was es genau ist, denn ich habe dieses Gefühl noch nie verspürt und ich hatte viele Frauen und Nächte mit ihnen. Beziehungen eher wenige, wenn ich ehrlich bin, nie eine, die länger als eine Woche oder zwei Partys gedauert hat. Wie auch, die Arbeit war immer meine Beziehung oder Ehe. Alles andere hätte mich nur abgelenkt oder davon abgehalten, das zu tun, was ich wollte. Wenn ich eine heiße Nacht wollte, fand ich immer eine hübsche Frau, die nicht abgeneigt war. Aber das ist vorbei. Wer will schon mit einem Behinderten ins Bett ... ja so sehe ich mich als Behinderten und das geht mir einfach nicht aus dem Kopf. Auch wenn Raphaele und jetzt auch Leevke ganz anders darüber denken oder mir sagen, dass ich anders darüber denken soll und muss. Es fällt mir schwer. Und doch ... als sie gerade gesagt hat, dass sie keinen Mann sucht, dem sie den Haushalt schmeißen muss oder sie nur dazu da ist, ihm den Rücken zu stärken. Da ist mir wieder bewusst geworden, dass meine Frau sich sehr wird verbiegen müssen. Dass sie sich anpassen muss. Dass sie viel für mich übernehmen muss. Sie muss viel für mich tun, und das ... auch wenn ich das nicht wollte ... ich musste diese Nähe, die ich gefühlt habe, ganz schnell durchbrechen. Ich darf mir keine Hoffnung auf mehr machen. Wobei das nach einem Tag sowieso bescheuert klingt und ist. Aber Leevke hat sofort verstanden, was los ist, sie hat das Auto angehalten, sich zu mir umgedreht und sie hat geredet. Mein Herz machte einen Satz und noch einen und noch einen. Wie gerne würde ich jetzt ihr Gesicht sehen. Ihre Wangen sind bestimmt gerötet, ihre Augen blitzen sicherlich, während sie sich mit so viel Energie, die ich spüre, rechtfertigt. Sie macht mir klar, wie dumm meine Schlussfolgerungen sind, und ich kann nicht anders, als mich zu ihr zu beugen und ihren Mund mit meinen Lippen zu verschließen, um sie zum Schweigen zu bringen. Nicht, weil ich sie unterbrechen oder ihre Stimme nicht mehr hören möchte. Das Gegenteil ist der Fall, aber in diesem Moment will ich sie küssen, weil mich ihre Worte berührt haben. Diese Frau ist ... wow. Ihr Geschmack, ihr Duft sind ... wow. Ihre Leidenschaft und ihre Küsse ... ich wiederhole mich ... wow. Langsam löse ich mich von ihr, und als sie wieder spricht, berühre ich sanft mit dem Finger ihre Lippen. Etwas ist mit uns geschehen. Nicht nur diese Blitze, die elektrische Ladung, die sich aufgebaut und entladen hat, es ist etwas passiert, das viel tiefer geht. Viel tiefer. Wenn ich ehrlich bin, hat mich dieses Gefühl regelrecht erschüttert. Leevke löst sich von mir, setzt den Blinker und fährt weiter. Die Stille im Auto ist nicht unangenehm. Ganz im Gegenteil.

Jeder hängt seinen Gedanken nach. Meine sind ... ich weiß nicht wo.

»Die Niemeyer-Kate ist auf der Insel bekannt dafür, dass sie ...«

»Was?«

»Eigentlich ist es falsch, was ich sage, der Strandkorb, der dazu gehört, mit der Nummer sieben, er ist dafür bekannt. Kapitän Claas, dem er gehört, schwört, dass er magische Kräfte besitzt.« Ich drehe mich zu ihr um. Frage mich gerade, ob mit ihr noch alles in Ordnung ist.

»Leevke?« Sie lacht.

»Es heißt, er sucht sich jedes Jahr ein Paar aus und beschenkt oder überschüttet die beiden mit Liebe. In den letzten Jahren stand er immer an der Niemeyer-Kate, und jedes Jahr gab es am Ende des Sommers ein Paar. Letztes Jahr waren es Tanja und Leeve.«

»Im Strandkorb?«

»Im Strandkorb sieben, da haben sie sich kennengelernt.«

»Aber ...« Sie lacht.

»Ach Leon, ich weiß auch nicht, was mit mir los ist, aber du ... du berührst etwas in mir, und bevor du auf falsche Gedanken kommst, das hat nichts mit Mitleid zu tun. Überhaupt nichts. Viel lieber ... viel lieber würde ich dich später gerne noch einmal küssen. Du kannst verdammt gut küssen und ich weiß, wovon ich rede.« Lächelnd nehme ich wahr, dass sie mir damit noch einmal zu verstehen gibt, dass sie kein Mauerblümchen ist, auch wenn mir das schon lange klar war. Wer hätte diese Frau nicht gerne ... Sie ist eine Frau auf Augenhöhe und doch bin ich mir sicher, dass sie eine sehr weiche und sensible Seite in sich trägt, und ich spüre auch einen gewissen Schmerz in ihr.

»Wir sind da.« Ich schaue mich um. Die Umrisse, die ich

erkennen kann, deuten auf ein reetgedecktes Haus hin. Kein modernes Gebäude. Ein Haus, wie man es im Norden häufig sieht. Es sieht sogar eher aus wie die Kate, in der ich wohne. Aber es wirkt höher, was mir Leevke mit ihren nächsten Worten bestätigt.

»Im Erdgeschoss ist die Praxis, oben im Dachgeschoss wohnt Doc Hinnek. Er hat die Praxis an Tanja verkauft und da sie bei meinem Bruder wohnt, kann er in seinem alten Zuhause wohnen bleiben. Wenn Tanja nicht da ist oder es irgendwo auf der Insel einen Notfall gibt, hilft er in der Praxis aus. Er ist zwar längst in einem Alter, in dem er seinen Ruhestand genießen sollte, aber ich denke, ein Arzt bleibt immer ein Arzt und so richtig in Rente geht so jemand nicht. Zumindest nicht die Hausärzte, die sich viele lange Jahre um ihre Schäfchen gekümmert haben.«

»Klingt nach einer Win-win-Situation.«

»Auf jeden Fall. Du wirst ihn mögen. Thea, die Sprechstundenhilfe, hat aber einen direkten Draht zu Rieke und die sitzt am Inselfunkgerät, genau wie Frieda, auch wenn man es ihr nicht ansieht. Sie muss inzwischen an die achtzig sein, aber sie weiß über alles Bescheid, was auf der Insel passiert.« Ich muss lachen.

»Du meinst, die Diagnose wird von allen Insulanern gestellt?«

»Das nicht, aber dass du hier warst, mit mir und nicht mit dem Chauffeur, das schon.« Ich nicke. Leevke redet weiter.

»Und es wird sicher kein Geheimnis bleiben, dass du nicht gut sehen kannst.« Abermals nicke ich. Sie ist erfrischend ehrlich und redet nicht um den heißen Brei herum. Es ist, wie es ist. Leevke steigt aus, ich öffne die Beifahrertür und versuche umständlich auszusteigen. Der Knöchel tut wahnsinnig weh, aber wenn ich versuche, den Schmerz zu ignorieren, kann ich wenigstens darauf stehen. Gebrochen ist also nichts. Ich bin umgeknickt, wenn, dann sind die Bänder in Mitleidenschaft gezogen. Aber das wäre auch nicht gut. Überhaupt nicht gut. Leevke reicht mir die Krücken und geht neben mir zur Tür. Macht mich wie schon auf dem Bohlenweg auf Stolperfallen aufmerksam, behandelt mich aber ansonsten ganz normal.

»Moin Leevke«, begrüßt uns, so vermute ich, Thea. Was Leevkes nächste Worte bestätigen.

»Moin Thea, ich habe Doc Hinnek bereits angerufen. Ich bringe ihm einen Patienten. Er soll sich den Knöchel kurz anschauen und entscheiden, ob es besser ist, damit in die Klinik zu fahren, oder ob es nur eine Verstauchung ist.«

»Moin, Sie sind Herr Kaser?«

»Moin, richtig, das bin ich.«

»Doc Hinnek hat mir schon gesagt, dass Sie kommen. Gehen Sie gleich ins Behandlungszimmer.« Ich bleibe stehen. Ja, das sind genau die Situationen, mit denen ich lernen muss, umzugehen und die ...

»Es ist links von dir, etwa drei Schritte. Ich folge dir.« Leevke. So ist sie einfach. Ohne ein Problem daraus zu machen, gibt sie mir die Information, die ich benötige. Als ich die Tür erkenne, gehe ich nach zwei weiteren Schritten hinein und Leevke folgt mir.

»Links von dir ist die Liege, da setzt du dich am besten hin. Ich gehe dann mal ...«

»Bleib hier! Bitte«, füge ich leise hinzu. Bevor sie mir antwortet, betritt jemand den Raum, und ohne dass ich ihn genau erkennen kann, spüre ich die Ausstrahlung dieses Menschen. Seine Stimme, sie kommt von irgendwo tief in seinem Inneren und nimmt den ganzen Raum ein. Ich muss lächeln.

»Moin, Herr Kaser. Sie sind also in diesem Jahr der Pächter der Niemeyer-Kate. Da bin ich ja mal gespannt.« Ich muss die Stirn ein wenig gerunzelt haben, denn Leevke lacht und sagt zu mir: »Die Magie, weißt du noch?«

»Ach ja, da war doch was mit Strandkorb sieben und ...« Doc Hinnek lacht jetzt auch und dieses Lachen ist wirklich ansteckend.

»Also, junger Mann, wo liegt das Problem?« Ich zeige auf meine Knöchel.

»Ich war auf Käfer-, Leichen- und Schatzsuche und bin hoffentlich nicht im Naturdünger gelandet, es riecht nicht streng, also nehme ich an ...« Wieder ist dieses dunkle Lachen zu hören.

»Sie haben Humor, das gefällt mir.« Während er lacht und spricht, tastet er meinen Knöchel ab. Ohne aufzuhören, fragt er direkt nach meinen Augen. Es muss eine Art Inselding sein, diese Direktheit. Beide, Leevke und er, fragen nicht mit dieser vor Mitleid triefenden Stimme, sie wollen wissen, was mit mir los ist.

»Was ist mit Ihren Augen?«

»Retinitis Pigmentosa, ich weiß es erst seit etwa fünf Monaten und es zieht mir immer noch den Boden unter den Füßen weg und heute wieder mal ist das wörtlich zu nehmen.«

»Wie viel Sehkraft haben Sie noch?«

»Nicht mehr viel. Wenn es hell ist, sehe ich noch Umrisse und ein paar Farben, aber ... es wird dunkler und ich habe schreckliche Angst davor. Vor der Dunkelheit.« Dass ich das zu diesem mir fremden Mann sage und dass Leevke es hört, da sie mit im Raum ist, wundert mich, aber ich habe es gesagt. Es fühlt sich sogar gut an und so spreche ich weiter.

»Und ja ich weiß, dass die Dunkelheit nicht bedeutet,

dass ich friere und mir, wenn es so weit ist, immer kalt sein wird, aber im Moment ist da … da ist in meiner Vorstellung, wenn ich ganz blind bin, diese Kälte und die macht mir am meisten Angst, wenn ich ehrlich bin.« Seine Hand war die ganze Zeit an meinem Knöchel und ließ den Kontakt nicht abreißen.

»Das wird nicht passieren. Sie werden im Winter frieren, wenn es kalt ist und wenn Sie nass sind. Aber Sie werden genauso schwitzen, wenn Sie in der Sonne liegen und wenn Sie in die Sauna gehen. Die Wärme, Herr Kaser, die Sie in sich spüren, wird dieselbe sein, die Sie jetzt in sich spüren. Blind zu sein, und ich weiß, dass Ihnen das schon einige gesagt haben, bedeutet nicht, dass Ihr Leben zu Ende ist. Ihr Knöchel ist verstaucht. Ich mache einen dicken Salbenverband. Krücken haben Sie ja, und in drei Tagen kommen Sie wieder, dann machen wir einen neuen. Wahrscheinlich können Sie bis dahin sogar wieder einigermaßen laufen und wenn es wieder klappt, dann benutzen Sie Ihren Blindenstock. Der wird Sie davor bewahren, erneut in so eine Situation zu kommen. Der Stock sieht für Sie. Benutzen Sie ihn. Tragen Sie ihn mit Stolz. Denn er wird Ihnen helfen, ein selbstbestimmtes Leben zu führen. Auch wenn Sie es mir jetzt nicht glauben, aber ich kenne einige Blinde, die allein leben und sehr gut zurechtkommen. Man muss üben, ja, aber es ist fast alles möglich.« Während er spricht, befestigt er einen Verband an meinem Knöchel.

»Leevke, nimmst du den Schuh?«

»Natürlich.«

»Und bringst du Herrn Kaser in drei Tagen wieder zu mir?«

»Selbstverständlich.«

»Das ist gut. Grüß Leeve und Tanja, wenn sie sich

melden.« Mit diesen Worten steht er auf und reicht mir die Krücken.

»Danke.«

»Gerne geschehen.« Er weiß genau, dass ich nicht nur die medizinische Versorgung meine.

LEEVKE BOGER

Auf der Rückfahrt ist Leon still, in sich gekehrt, und das mag eine Zeit lang schön sein, aber Trübsal blasen tut diesem Mann einfach nicht gut. Also setze ich wieder den Blinker, biege in eine Einfahrt ein, wende und fahre direkt auf das Haus zu, in dem ich aufgewachsen bin. In dem mein Vater noch lebt. Obwohl Doc Hinnek ihm schon vor einem Jahr prophezeit hat, dass er keine Monate mehr leben wird, säuft er immer noch fröhlich und verwahrlost vor sich hin.

»Wo gehen wir hin?«

»Ins Elend.«

»Was?«

»Ich zeige dir einen Grund, warum gesunde Menschen, Menschen wie ich, meine beiden Schwestern und auch mein Bruder hätten verzweifeln und zu Menschen werden können, die so enden wie die Person, zu der ich dich jetzt bringe. Jeder hier auf Amrum hat damit gerechnet.«

»Womit?«

»Dass wir Taugenichtse und Tunichtgute werden. Dass Leeve ein Schläger und Säufer wird und wir Mädels sicher gerne den sogenannten Rock hochheben und für Geld die Beine breit machen, wann immer es was zu holen gibt.«

»Das war jetzt aber derb.«

»Genauso sind wir aber aufgewachsen. Ich will dir damit sagen, dass jeder Mensch sein Schicksal meistern kann. Unser Bruder, dem niemand etwas anderes zugetraut hat, als so zu werden wie mein Vater, wird immer unser Held bleiben.«

»Warum?«

»Wir sind hier.« Leon schaut sich um. Ja, er kann nicht mehr viel erkennen, aber selbst er wird die Leere spüren, die Hoffnungslosigkeit und das Elend. Die Gerüche nach abgestandenem Alkohol, nach Rauch und Schmutz. Nach dem Dreck, der im Haus liegt. Die Sonne scheint gerade, und ich glaube, so angestrengt, wie er sich umschaut, erkennt er auch einiges und weiß, was ich meine. Er rümpft die Nase. Ziemlich leise sagt er: »Hier bist du aufgewachsen?«

»Ja. Mit einem Säufer als Vater, der ohne genügend Alkohol im Blut zum Tier wurde und jeden verprügelte, den er in die Finger bekam. Oft war es meine Mutter, die schon mit achtzehn aufgegeben hat und nie gelacht hat. Ich will dein Mitleid nicht, Leon, ich will dir nur zeigen, dass es auch andere Situationen gibt, weshalb ein Leben die Hölle sein kann. Ich kann mich nicht erinnern, meine Mutter jemals lachen gesehen zu haben. Sie hat sich mehr oder weniger um uns gekümmert, sie hat dafür gesorgt, dass Vater genug Alkohol hatte, sie hat für ihn die Beine breit gemacht, damit er zufrieden war und eingeschlafen ist. Damit wir alle unsere Ruhe vor ihm hatten. Sie hat nie gekämpft, dazu hatte sie keine Kraft und kein Ziel. Als sie mit nur 35 Jahren krank wurde und bald gestorben ist, war das für sie, glaube ich, etwas, das sie willkommen hieß. Leeve war da und hat sich um uns gekümmert. Um Vater, um sie, bis sie starb, und um uns Mädchen. Als sie starb, waren wir allein mit Vater. Aber wir vier hatten nur ein Ziel, wir wollten zusammenbleiben, egal, was passierte. Das Aufwachsen hat uns zusammengeschweißt. Hat unsere Geschwisterliebe gestärkt. Leeve hat sich jedes Mal vor uns gestellt, wenn Vater ausflippte. Ich weiß nicht, wie oft er für uns alle die Prügel eingesteckt hat. Leon, ich habe dich nicht hergebracht, weil ich dir schlechte Laune machen oder dein Mitleid erregen wollte. Der Grund ist ein anderer. Ich möchte, dass du die Tage hier auf Amrum in vollen Zügen genießt. Dass du morgens mit einem Lächeln auf dem Gesicht aufwachst, weil du weißt, dass es ein schöner Tag wird. Du das Rauschen der Wellen hörst und Dinge tun wirst, die neu für dich sind. Du sie willkommen heißt. Ich bitte dich, dieses wunderbare Lächeln, das mich verzaubert, jedem jeden Tag zu schenken. Und wenn es mal nicht so gut läuft … ich bitte dich, nimm es nicht so ernst. Andere Menschen haben auch schon schlimme Zeiten erlebt und trotzdem bin ich mir sicher, da ich zu ihnen gehöre, dass man alles schaffen und überwinden kann. Dass jeder das Recht hat, glücklich zu sein.«

»Auch, wenn du keinen Mann hast?« Ich lächle.

»Auch und vielleicht sogar deswegen? Ich hatte bisher viel Spaß im Leben, aber ich gebe zu, dass ich im Grunde meines Herzens eine absolute Romantikerin bin.«

»Ach ja?«

»Ja. Noch etwas, was niemand erkannt hat oder sich vorstellen will, wenn er mich kennt. Aber mal ehrlich, welche Frau würde sich nicht wünschen, dass sich jemand, in meinem Fall ein Mann, die Mühe macht, mich auch so zu beglücken. Ein Lagerfeuer, ein kühles Bier am Strand, eine warme Decke. Ich …«

»Das nennst du Romantik?«

»Ja, das auch.« Die Tür geht auf und ich starre den Mann an, der da steht. Leon dreht seinen Blick in die Richtung, aus der das Geräusch kommt. Ungewollt flüstere ich leise: »Er sieht schrecklich aus.« Dann öffne ich die Tür.

»Hallo Vater.«

»Was machst du hier? Und wer ist der Typ im Auto? Wollt ihr mich wieder ins Irrenhaus stecken? Das könnt ihr vergessen.«

»Nein, Vater, ob du es glaubst oder nicht, das wollen wir nicht mehr. Wir helfen dir, auch wenn du es nicht verdient hast, jederzeit, wenn du uns darum bittest. Aber von mir kommt keine Hilfe ohne diese Bitte.«

»Was willst du dann hier? Verpiss dich!«

»Ich habe Leon gezeigt, was es heißt, in der Hölle aufgewachsen zu sein. Ich wollte, dass er sieht, wo ich herkomme, wer ich bin.« Ich sage diese Worte laut und auch anklagend, mit viel Bitterkeit in der Stimme. Aber sie entsprechen der Wahrheit. Aus irgendeinem Grund wollte ich, dass Leon weiß, wo meine Wurzeln sind. Da ist etwas zwischen uns, etwas, das ich noch nicht deuten kann, was mir aber gefällt und bevor ich mich weiter auf diese Beziehung einlasse, wollte ich ihm dies zeigen. Ich muss innerlich lächeln. Denn Beziehungen sind etwas Längeres, wenn ich diese Bekanntschaft vertiefen will, möchte ich, dass er genau das weiß, wo ich herkomme. Seltsamerweise hatte ich noch nie das Bedürfnis, es einem Mann zu erzählen oder zu zeigen. Bei Leon ist das anders. Ohne ein Wort mit Vater zu reden, steige ich in mein Auto und fahre los. Außer Sichtweite meines Zuhauses halte ich an und drehe mich zu Leon um.

»Würdest du mich bitte küssen? Nur kurz und mich festhalten? Ohne Hintergedanken, ohne dass ich ...« Ich muss nicht ausreden, denn Leon küsst mich sanft. Streicht mir eine Haarsträhne aus den Augen und küsst mich erneut. Als ich mich von ihm löse, sage ich: »Ich bringe dich jetzt zu deiner Kate. Morgen stelle ich dir Odin und Thor vor, wenn du willst. Für heute hast du, glaube ich, genug zum Nachdenken. Das Glas Wein auf deiner Terrasse verschieben wir.« Er nickt nur. Aber ich füge hinzu: »Natürlich, nur wenn du Interesse daran hast.«

»Woran?«

»Den Göttervater und seinen Sohn kennenzulernen.«

»Natürlich. Wer würde das nicht wollen. Ich meine, sie sind Götter!« Ich grinse, als ich sehe, dass auch er lächelt.

LEON KASER

Was für ein Tag. Ich sitze erschöpft auf meiner Terrasse und lege meinen Fuß auf den Stuhl. Sitze einfach da und denke über die vergangenen Stunden nach. Es kommt mir vor, als ob es Monate her ist, dass ich Leevke zum ersten Mal gesehen oder reden gehört habe. Ein unwillkürliches Lächeln huscht über mein Gesicht, als ich an ihre ersten Worte denke. Naturdünger, Leichen oder auch ein Bankräuber. Sie hat Humor und eine erfrischende Art, mich aufzumuntern. Aber sie ist auch sehr tiefgründig und spürte jeden kleinen Moment, in dem ich wieder in ein Loch zu fallen drohte. Es klingelt. Wer ... Ich schaue zur Tür und überlege wirklich, ob ich aufstehen soll, denn wer, bitte schön, will mich hier besuchen? Erneut klingelt es und ein Ruf ertönt.

»Herr Kaser, sind Sie da? Ist alles in Ordnung?« Alex. Ohne mir die Mühe zu machen, aufzustehen, rufe ich laut: »Ich bin hinten auf der Terrasse, gehst du bitte ums Haus, dann muss ich nicht aufstehen.«

»Natürlich«, ruft er zurück. Wenig später höre ich Schritte.

»Hallo Herr Kaser, Sie haben mir etwas Sorgen gemacht.«

»Tut mir leid und bitte Alex, nenn mich endlich Leon, das mit dem Herrn Kaser, dem Firmenchef ist vorbei. Ich bin nur noch Leon.«

»Wie Sie wünschen Herr Kaser ...«, er stockt kurz, »ich meine Leon. Was ist mit Ihrem Bein passiert?«

»Das mit dem du müssen wir noch üben, Alex. Und ich bin gestolpert. Schon heute Mittag und habe mir den Knöchel verstaucht, bin im Sand gelandet und die netteste Frau, die bestimmt auch die hübscheste Frau der Insel ist, wenn nicht ... sie hat mir geholfen.«

»Aha ... Sie ...« Ich sehe ihn an.

»Du hättest anrufen können.«

»Natürlich, aber das war nicht nötig. Sie hat mich zum Inselarzt gefahren, der hat mich untersucht und mir diesen Verband angelegt. Mit ein, zwei Schmerztabletten werde ich das schon überstehen. Die kannst du mir nachher auch rauslegen, damit ich nichts Falsches nehme.« Ob er überrascht ist, dass ich ihn einfach so um Hilfe bitte, zeigt er mir nicht. Aber Leevke hat recht, es tut nicht weh zu fragen und es hilft.

»Das mache ich sehr gerne ... Leon.«

»War doch gar nicht so schwer.« Ich grinse. »Was hast du mir mitgebracht? Du hast etwas auf den Tisch gelegt.«

»Es sind ein paar Geräte angeliefert worden. Ich dachte, ich bringe sie Ih... dir gleich mit, weil du sie sicher haben und auch ausprobieren willst.«

»Stimmt. Hast du noch etwas anderes vor? Wenn nicht, könntest du sie auspacken und mir vielleicht bei der ersten Inbetriebnahme helfen? Dann geht es schneller.« Wenn Alex von mir überrascht ist, dann verbirgt er es gut.

»Natürlich.«

»Hast du was vor?«

»Nein! Natürlich helfe ich.« Kurze Zeit später habe ich meinen neuen Laptop vor mir stehen. Er hat eine Tastatur mit Blindenschrift. Ich kann zwar die Tastatur auswendig tippen, aber diese Schrift werde ich lernen müssen. Vor allem für Dinge wie Medikamente. Aber wie mir der Mann von der Blindenberatung gezeigt hat, gibt es noch viele andere kleine Geräte, die mir den Alltag erleichtern werden. Besonders gespannt bin ich auf einen kleinen Minicomputer, den man an der Brille befestigen kann und der mir Texte vorlesen kann, zum Beispiel im Restaurant die Getränkekarte, oder in den ich auch Dinge, sprich Bilder, einspeichern kann. Produkte des täglichen Lebens, die ich in der Küche habe. Oder, und das ist für mich das Wichtigste und das Beste daran, ich kann Bilder von Menschen abspeichern und drahtlos über einen Kopfhörer sagt es mir, wer vor mir steht. Das ist für mich eine sensationelle Erleichterung, wenn das funktioniert – auf dieses Gerät warte ich zugegebenermaßen mit Spannung. Denn ich kann es selber noch mit etwas Sehkraft einrichten. Zumindest bilde ich mir das ein.

»Ist der kleine Minicomputer, den ich an meiner Brille befestigen kann, auch angekommen?«

»Ja, der liegt daneben. Soll ich ihn auch auspacken?«

»Nein. Auch wenn er mich brennend interessiert, erst muss ich den Laptop zu Ende einrichten, morgen habe ich genug zu tun. Danke, Alex, dass du ihn mir noch mitgebracht hast.«

»Gerne geschehen. Soll ich ... soll ich dir noch die Schmerztablette hinlegen?«

»Ja. Neben die Kaffeemaschine bitte. Im Moment ist es

noch erträglich, aber wer weiß, was passiert, wenn ich im Bett liege und zur Ruhe komme.«

»Dann lege ich besser auch eine dorthin und stelle eine Flasche Wasser dazu. Und du ... du kommst wirklich zurecht?«

»Ja. Keine Sorge, ich mache den Ausflug nicht noch einmal ohne Begleitung. Nur bis zum Strandkorb, das ist ein gerader Weg und so viel erkenne ich noch. Wenn sich das ändert, dann ...« Ich sehe, dass er den Kopf bewegt, und schließe daraus, dass er mir zustimmt. Als er wieder weg ist, spiele ich noch eine Weile mit meinem neuen Spielzeug, aber bald gehe ich ins Bett. Der Tag war wirklich anstrengender, als ich es mir vorgestellt hatte, aber auch viel besser, als ich es mir hätte vorstellen können. Als ich im Bett liege, überkommt mich leider wieder die Traurigkeit. Träume. Ich möchte von Leevke träumen, aber ich weiß nicht, wie sie aussieht, nicht wirklich. Umrisse und viel Grau und ... Ich würde so gerne wissen, wie sie aussieht, damit ich von ihr träumen kann. Ich träume trotzdem von ihr. Nicht so, wie ich wollte, aber ich höre ihr Lachen im Traum, erinnere mich an ihren Geruch. Und ... irgendwann schlafe ich ein und wache wieder auf mit Vogelgezwitscher in den Ohren und höre die Wellen vom Strand her rauschen. Es ist Flut. Oder zumindest Hochwasser. Über die Gezeiten habe ich mich noch nicht informiert. Ich könnte ja Leevke fragen, wenn sich jemand damit auskennt, dann sie. Ich könnte auch meinen neuen Helfer fragen oder Siri, aber ... am liebsten Leevke. Sie interessiert mich. Sehr sogar und dann denke ich wieder: *Ich bin kein ganzer Kerl mehr, eine Last. Sie müsste sich für mich verbiegen, und das will sie nicht, hat sie klar gesagt.*

Nach einer ausgiebigen Dusche gehe ich in die Küche und bereite mir einen Kaffee zu. Zu meiner Freude klappt es gut, zwar langsam, doch mit dem bisschen Sehkraft, die ich noch habe, sind die Handgriffe gut zu bewältigen. Zu Hause mit der Kaffeemaschine ist es natürlich einfacher. Wenn der Wasserbehälter voll ist. Und der Abfallbehälter leer. Sonst wird es auch nicht so einfach, aber ich werde es schaffen. Heute Morgen, vielleicht weil ich das mit dem Frühstück ohne Probleme und Pannen hinbekomme, bin ich besser gelaunt. Auch die zwei neuen Helfer, die ich gestern noch bekommen habe, machen mir bewusst, dass ich nicht hilflos sein werde. Nicht so hilflos, wie ich im ersten Moment dachte und auch nicht im zweiten oder dritten. Das mit der Gesichtserkennung oder dem Erkennen von Produkten gefällt mir sehr gut. Dazu der Laptop, der mir so vieles vorlesen und suchen kann ... wie gesagt, heute Morgen bin ich noch relativ entspannt. Nur mein Fuß pocht nach dem anstrengenden Duschen und dem Frühstückzubereiten jetzt ziemlich. Zeit, ihn zu entlasten. Aber irgendwie will ich ans Meer, raus an den Strand und ich traue mich auch bis zum Strandkorb. In der Hoffnung, dass er noch an der gleichen Stelle steht wie gestern und die Jugendlichen ihn nicht zu irgendeiner Strandburg umfunktioniert haben. Nachdem ich meinen Rucksack gepackt, meine Ausrüstung verstaut und eine Flasche Wasser eingepackt habe, mache ich mich mit meinen Krücken auf den Weg. Langsam, aber ohne Angst. Der Strandkorb steht noch genau an der Stelle, an der ich ihn gestern verlassen habe. Auch der Wind weht aus der richtigen Richtung, sodass ich ihn nicht bewegen muss. Langsam setze ich mich hinein und bleibe erst einmal einfach sitzen. Atme die salzige Luft ein. Höre dem Rauschen der Wellen zu. Dem Wasser und versuche, auch all die anderen Geräusche um mich herum wahrzunehmen. Versuche diese, meine neue Welt mit den Ohren zu erkunden.

STRANDKORB 7

Heute ist die Last etwas leichter. Die Traurigkeit, die meinen Besitzer auf Zeit gestern so umhüllt hat, ist ein wenig gewichen. Was auch immer ihn belastet hat, es scheint über Nacht etwas weniger geworden zu sein, aus welchem Grund auch immer. Was gestern noch nicht der Fall war, ist, dass er Krücken hatte und sein Fuß verletzt war. Ich bin gespannt, ob ich auch dieses Rätsel heute lösen kann. Vieles an diesem Mann ist noch ein Rätsel und ich es liebe, dem auf den Grund zu gehen, neugierig bin.

LEEVKE BOGER

Wow! Was für ein Mann! Ich weiß nicht, wie es passieren konnte, aber von der ersten Sekunde an war da etwas. Ich ... bin verzaubert von ihm. Und das ist ... ist das gut? Oder weniger gut? Er ist ... traurig, nicht krank, aber unendlich traurig und ich habe während der Fahrt viel zu viel von mir preisgegeben, geredet. Viele Dinge, die einfach dumm waren, wenn man bedenkt, dass er erblinden wird. Und ich habe ihm mein Zuhause gezeigt! Noch ist Leon nicht ganz blind. Ich weiß nicht, warum ich wollte, dass er sieht, wo ich herkomme. Aber auch mit wenig Augenlicht konnte er spüren, wie trostlos mein Aufwachsen war. Ich habe ihm nichts vorgemacht. Habe ihm etwas gezeigt und von mir erzählt, was ich noch nie einem Mann erzählt habe, noch keinem. Ich weiß nicht, ob es eine Zwillingssache ist, aber als ich mit einer weiteren Tasse Kaffee auf Leeves Terrasse sitze, klingelt mein Handy und es ist Lentje.

»Hallo Schwesterchen.«

»Geht es dir gut, Leevke?«

»Warum sollte es mir nicht gut gehen? Odin und Thor sind brav, Lenny sowieso und die Ladys sollen bitte Eier legen.« Sie lacht, wird aber rasch wieder ernst.

»Da war so ein Gefühl in mir und der Drang, dich anzurufen, war riesengroß.« Zwillinge. Ich glaube, nur Zwillinge können das nachvollziehen, diese Verbindung, die wir haben, die lässt sich mit nichts erklären, aber sie ist einfach da.

»Was macht Malte?«

»Malte wer?« Ich lehne mich zurück und grinse. Auch darin ist Lentje mir ähnlich. Sie macht keinen Hehl daraus, dass sie auf Männer steht, dass sie Sex mag, aber wie ich irgendwie beziehungsunfähig ist.

»Er ist also ... Geschichte?«

»Ja.«

»Aber warum hast du ihn dann zur Hochzeit mitgebracht?«

»Weil er ein guter Tänzer ist, weil er gut aussieht und weil er mich erst hinterher so richtig auf die Palme gebracht hat. Also quasi gestern, und zwar richtig. Er ruft ständig an, aber es wird kein Zurück geben.«

»Warum?«

»Er wollte mich heiraten. Mein Gott Leevke, ich bin keine Frau zum Heiraten und er wollte gleich das ganze Paket. ‚Lentje, lass uns heiraten und eine Familie gründen. Ich habe ein Haus in Aurich gesehen und will es kaufen, für uns.' Da haben bei mir alle Alarmglocken geläutet und der Fluchtgedanke wurde riesengroß. Als er dann noch gesagt hat: ‚Frau Lentje Mühlbauer klingt gut', war es vorbei.« Ich muss lachen.

»Er hat sich wirklich ohne dich ein Haus angeschaut, in Aurich? Noch dazu unter der Voraussetzung, dass du einmal Mühlbauer heißen willst?«

»Genau.«

»Ihr wart für deine Verhältnisse aber lange zusammen, oder? Ist keine Wehmut dabei?«

»Ein Jahr.« Ich schüttle den Kopf und will gerade etwas sagen, als sie fortfährt.

»Und er hat nichts verstanden, er kennt mich nach den vielen Tagen überhaupt nicht. Also, was ist los? Reden wir über dich. Ich glaube, das ist viel spannender.«

»Lenny und ich haben heute einen Mann in den Dünen gefunden. Ich weiß noch nicht so genau, ob er einen Schatz ausgraben wollte oder nach seltenen Pflanzen oder Tieren suchte oder ob er ...« Lentje lacht laut auf.

»Er ist ... anders.« Mit einem Mal ist Lentje still. Schon wieder dieses Zwillingsding.

»Er wird erblinden, oder ist es schon beinahe.«

»Fuck.«

»Er ist ... Lentje, ich weiß nicht, was ich sagen soll, und das kommt nie vor. Ich habe ihm gezeigt, wo wir aufgewachsen sind.«

»Hast du nicht.«

»Doch. Und das ängstigt mich zu Tode. Ich habe ihm wirklich gezeigt, wo wir aufgewachsen sind. Er hat Papa gesehen, gehört und vor allem gerochen. Ich habe ihm von uns erzählt und ...«

»Du hast dich verknallt!«

»Nein ...«

»Lass mich ausreden, Leevke Boger. Du hast dich verknallt. Dich hat der Blitz getroffen, und zwar, wie ich höre, nicht im Strandkorb sitzend, wie es bei Leeve der Fall war, sondern in den Dünen. War der Strandkorb in Sicht?«

»Er ist ... Lentje?«

»Ja?«

»Behalte das für dich, ja? Ich muss erst mal selbst verstehen, was mit mir los ist, und auch, was passiert ist. Außerdem ist er nur ein Tourist und er ... er wird bald blind sein.«

»Das mit dem Blindwerden, Leevke, das sollte für die Liebe und für dich kein Kriterium sein. Der Liebe ist das egal und du bist eine starke Frau! Du brauchst keinen Ritter, der dich hegt und pflegt, du brauchst jemanden, der dich von ganzem Herzen liebt. Es ... wenn es Liebe ist, dann ... o Leevke ich freue mich so für dich. Lerne ihn kennen. Jetzt hast du erst einmal Urlaub und was danach kommt ... ich denke an unseren Bruder. Die Insel, das merke ich, meint es gut mit den Boger-Kindern, auch wenn wir vier die Letzten sind, die das für möglich halten. Gut, Leeve vielleicht am ehesten. Bis die Tage, Leevke, halte mich auf dem Laufenden über ... wie sagtest du, heißt er?«

»Ich habe noch nichts gesagt, aber er heißt Leon.«

»Ich mag ihn jetzt schon. Viel Spaß Schwesterherz, und ich werde ihn ja auf der Willkommensparty kennenlernen.« Als sie aufgelegt hat, laufe ich zu den beiden Eseln, um ihnen frisches Heu in ihren Unterstand und die Futterkrippe zu geben. Sie holen sich noch eine Karotte und lassen sich von mir streicheln. Sie sind wirklich sehr liebe Gesellen. Anschließend gehe ich zu den Ladys, hole die Eier und füttere auch sie und fülle frisches Wasser nach. Lenny, der mir auf Schritt und Tritt gefolgt ist, schaut mir dabei zu, als würde er kontrollieren, ob ich alles richtig mache.

»Was meinst du, habe ich alles zu deiner Zufriedenheit erledigt?« Er wedelt nur mit seinem Schwanz, sitzt da und schaut mich mit heraushängender Zunge an.

»Auch Hunger? Oder erst mal Gassi gehen? An deiner Stelle wäre ich für Ersteres.« Lachend schüttle ich den Kopf. Jetzt rede ich schon mit Hunden? Ich muss verzweifelt sein.

Lenny bellt, als würde ihm nicht gefallen, was ich sage. Aber dann rennt er zum Haus und wartet dort vor seinem Napf, den ich ihm fülle. Ich schaue ihm lachend zu und überlege währenddessen, was ich heute machen werde. Leon fällt mir als Erstes ein. Ob ich nach ihm sehen soll? Oder ob er das als Bevormundung empfindet? Auf keinen Fall will ich ihn bevormunden oder ihm sagen, dass er es alleine nicht schafft. Trotzdem … Lenny hat aufgegessen und schaut mich erwartungsvoll an. Da Leeve meistens erst abends mit ihm einen langen Spaziergang macht, wartet er sicher nicht, nur … ich bin ja nicht Leeve und Leon weiß ja nicht, dass er … kopfschüttelnd über mich selbst, schnappe ich mir ein Buch, packe es zusammen mit einer Flasche Wasser und einem Schokoriegel in meinen Rucksack und laufe mit Lenny zum Strand. Urlaub. Ich habe Ferien, und die verbringe ich am liebsten am Strand. Dass ich ganz zufällig in Richtung Niemeyer-Kate laufe und schon von Weitem Leon im Strandkorb sitzen sehe, lässt mein Herz höherschlagen. Was ist nur mit mir los? Ich kenne mich selbst nicht mehr. Lenny, der Leon auch erkannt zu haben scheint, rennt auf ihn zu und springt auf ihn. Hoffentlich …

»Lenny nicht! Was machst du da? Leon will keinen Hundekuss, das hat er nicht nötig und ist eklig.« Nachdem er Lenny ein wenig abgewehrt hat, sieht er in meine Richtung. Er hat seine Sonnenbrille abgenommen und schaut mich an. Was hat der Mann für Augen! Und diese schönen Augen sollen bald nichts mehr sehen oder sehen schon jetzt nichts mehr?

»Guten Morgen Leon. Entschuldige den Überfall.« Er lacht immer noch und sieht dabei so verdammt gut aus.

»Kein Problem. Ich weiß ja seit gestern, dass er ein lammfrommer Hund ist, der nie und nimmer Streicheleinheiten bekommt und sie deshalb bei Touristen sucht oder sie geradezu einfordert. Dir auch einen guten Morgen.« Ich muss grinsen, er hat einen Humor, den ich mag. Leon redet weiter.

»Würdest du trotzdem so nett sein und meine Brille putzen? Ich habe Angst, sie zu zerkratzen, und sauber bekomme ich sie vermutlich sowieso nicht.« Er hebt das Gestell in meine Richtung. Macht mir Platz und klopft neben sich.

»Setz dich doch.«

»Was macht dein Knöchel?«

»Gehen ist noch keine gute Idee, aber ich vertraue eurem Doc, dass es jeden Tag besser wird.«

»Hier ist deine Brille.« Nachdem er sie aufgesetzt hat, herrscht plötzlich eine seltsame Stille oder Stimmung zwischen uns. Ich gebe zu, dass ich etwas unsicher bin. Will er, dass ich bleibe oder nicht oder … Der Kuss gestern und dann, dass ich ihm erzählt und gezeigt habe, wo ich herkomme, das alles zusammen überfordert mich gerade ein bisschen. Und dann denke ich wieder, wie überfordert er mit der Situation sein muss, blind zu werden.

»Leevke?«

»Hm.«

»Ich weiß, du hast Urlaub und … du solltest nicht arbeiten, aber … ich meine, du hast mir gestern klar gesagt, dass es keine Schande ist, wenn ich um Hilfe bitte …«

»Red nicht um den heißen Brei herum.« Ich lächle, was er sicher nicht sieht, aber auch er verzieht bei meinen Worten die Lippen zu einem Lächeln.

»Gestern Abend hat mir mein Chauffeur noch zwei Pakete gebracht. Meinen neuen Laptop und dieses spezielle Ding, das ich an meinem Brillengestell befestigen kann und das mir zum Beispiel sagt, wer vor mir steht oder mir vorliest, was im

Restaurant auf der Speisekarte steht. Beides muss ich erst programmieren oder einstellen, kannst du mir dabei helfen? Beim Laptop haben wir gestern bereits angefangen, aber fertig bin ich damit noch nicht.«

»Sehr gerne, natürlich helfe ich dir. Leon?«

»Hm.« Ich beuge mich vor und gebe ihm einen sanften Kuss, flüstere leise: »Das machst du gut. Tut nicht weh und ist nicht schwer, oder?« Ohne seine Antwort abzuwarten, setze ich mich auf und frage ihn: »Wo ist das Wunderteil oder wo fangen wir an?« In den folgenden Stunden, ich gebe es zu, lachen wir viel, auch wenn die Arbeit eigentlich einen eher traurigen Hintergrund hat, macht es trotzdem Spaß. Wir hören uns alle Stimmen an, die der Laptop zu bieten hat und mit denen Leon in Zukunft arbeiten wird. Die Stimme, die ihm vorlesen und ihm in vielerlei Hinsicht helfen wird, soll angenehm sein. Aber ich weiß nicht, was sich die Entwickler dabei gedacht haben, es gibt Stimmen, die könnten von einem anderen Stern sein. Oder, wie Leon sagt, sie klingt wie eine Zicke. Eine andere klingt wirklich wie eine ziemlich frustrierte Frau. Bei den Männerstimmen ist es nicht viel besser. Ich lache und sage: »Keine Ahnung, aber der hier hat ein oder zwei Gläser zu viel getrunken, oder?« Es ist ein lustiger Vormittag, den wir nur mit dem Laptop verbringen. Wir lassen uns immer wieder ein Kapitel aus dem Buch vorlesen, welches ich dabei habe. Liegen nebeneinander im Strandkorb und lauschen der Stimme. Als wir uns endlich einig sind, Leon hat natürlich das letzte Wort, ist es weit nach Mittag und ich bekomme Hunger.

»Was meinst du, Leon? Schaffst du es zu mir? Ich würde uns was kochen, also grillen. Ole, der Mitarbeiter von Leeve, meinem Bruder, hat mir heute Morgen frischen Fisch mitgebracht. Sein Vater angelt für sein Leben gerne und viel.

Deshalb gibt es bei Bogers viel frischen und leckeren Fisch aus der Nordsee. Dazu Kartoffeln, die ich auf dem Markt gekauft habe, und …«

»Du brauchst mich nicht zu überreden, bei frischem, gegrilltem Fisch war ich schon dabei und da ich weiß, dass es im Hause Boger noch eine hervorragende Kaffeemaschine gibt …« Lachend stehe ich auf. Lenny, der unheimlich brav war, ebenfalls. Leon will auch aufstehen, doch ich stoppe ihn.

»Warte, ich packe erst mal alles zusammen. Der Wind ist außerhalb des Strandkorbes ordentlich und deine Sachen sollten bestimmt nicht zu viel Sand abbekommen.«

»Das stimmt.« Als ich alles verstaut habe, ziehe ich Leon hoch. Langsam gehen wir den Strand entlang, bis wir die Stelle erreichen, die zum Bohlenweg führt, zu Leeves Anwesen, oder man könnte auch sagen zu meinem vorübergehenden Zuhause.

»Jetzt wird es wieder uneben.«

»Du meinst, aufpassen, dass ich nicht im Naturdünger lande?«

»Genau.« Vorsichtig, aber nicht im Schneckentempo, gehen wir den Steg entlang. Leon vertraut mir und meinen Ansagen, wenn es Stolperstellen gibt. Trotzdem atme nicht nur ich auf, als wir die Terrasse erreichen und Leon auf der Bank sitzt und sein Bein hochlegen kann.

»Dieser Bohlenweg ist mit Krücken wirklich nicht einfach zu gehen.«

»Stimmt, auch wenn man gut sehen kann, ist es nicht leicht, man sollte aufpassen, aber Leon, du hast es geschafft, du sitzt, leg das Bein ruhig hoch. Ich hole uns was zu trinken und bereite den Fisch vor. Der Rucksack mit deinem Laptop steht links von dir.« Mit diesen Worten verschwinde ich.

LEON KASER

Sie ist ... so anders als alle Frauen, die ich bisher kennengelernt habe. Nicht nur vor meiner Sehschwäche, oder ich sollte es beim Wort benennen: Blindheit. Sie macht daraus nichts Besonderes, kein Aufheben. Es ist einfach so und das war es. Gut, das ist jetzt vereinfacht ausgedrückt. Aber sie gibt mir nicht das Gefühl, dass ich mich als Mann minderwertig fühle, im Gegenteil. Bei ihr fühle ich mich lebendig. Irgendwie auch als Person, als Mensch wahrgenommen, nicht als der reiche Firmenchef, der Frauen auf die angesagtesten Partys mitnimmt. Der sie mit Geschenken überhäuft oder zumindest, wenn es keine Geschenke gibt, ihnen hilft, wichtige Kontakte zu knüpfen. Der die Damen mit Leuten zusammenbringt, die auch an ihnen interessiert sein könnten, und das am besten für mehr als nur eine Nacht, wofür ich nun mal bekannt bin. Selten habe ich mit einer Frau mehr als einmal geschlafen, was auch bedeutet, dass ich mit vielen Frauen geschlafen habe. Aber Leevke ist völlig anders, vor allem fühle ich mich in ihrer Gegenwart wieder als Mann. Sie spielt mir nichts vor. Die vielen anderen Frauen, die haben es in der Vergangenheit immer so angestellt, dass ich mich wie ein ganzer Kerl fühlte. Sie haben sich für mich kleingemacht, haben die unterwürfige oder naive Geliebte gespielt, haben mich stark erscheinen lassen. Es ist interessant, wie sehr ich in diesen wenigen Stunden, in denen ich Leevke kenne, analysiere, wie anders sie ist. Vor allem aber, wie sehr ich sie mag. Sie hat mir noch keine Sekunde das Gefühl gegeben, anders zu sein. Ein reicher Tourist zu sein. Ein Typ, der für sie vielleicht von Vorteil sein könnte. Sie ist auch nicht schwach. Das könnte sie auch gar nicht sein, denn diese Frau ist unglaublich stark. Sie hat mir gezeigt, und das meine ich wörtlich, wo sie herkommt. Aufgezeigt, dass sie aus einer völlig anderen Welt, sprich Gesellschaftsschicht, kommt als ich und dass sie es geschafft hat, stark genug zu sein, das Elend, wie sie es nennt, hinter sich zu lassen. Aber das Beste an ihr ist, dass sie sich keinen Zwang antut, mir mit Worten in den Arsch zu treten. Verdammt, ich mag sie. Jetzt fange ich an zu schwärmen, denn was sie noch kann, ist küssen. Da ist keine Zurückhaltung in ihrem Kuss. Da sind Feuer, Leidenschaft und ein Versprechen, das ... ich stöhne und zum Glück für mich und meine untere Körperhälfte kommt sie in diesem Moment zu mir auf die Terrasse.

»Weißt du, was ich mag?« Ich drehe meinen Kopf in ihre Richtung.

»Nein. Was denn?«

»Dass du einfach nur dasitzt und die Sonne und den Wind und die salzige Luft genießt. Dass du es schaffst, einfach mal nichts zu tun. Denn ich bin mir absolut sicher, dass du das in den letzten, ich sage jetzt mal willkürlich, zehn Jahren nicht getan hast. Die Kartoffeln sind im Ofen. Ich hoffe, du magst Rosmarin mit viel Knoblauch. Ich liebe die Kombination, aber das kann ich eigentlich nur im Urlaub essen. Also Knoblauch.« Ich sehe es nicht, aber ich bin mir sicher, dass sie lacht.

»Gefällt mir.«

»Dass du morgen stinkst?«

»Du riechst mit, dann ist es nur halb so schlimm und ja.«

»Und jetzt?«

»Ich habe viel gearbeitet. Und es ist eine extreme Umstellung für mich. Das war vorher nicht so präsent. Ich hatte immer viel zu tun. Die Firma, also mein Lebenswerk … in gute Hände zu geben. Du merkst, es fällt mir extrem schwer, darüber zu sprechen. Aber ich konnte sie nicht mehr führen, nicht, wenn ich blind bin. Das wäre nicht möglich gewesen. Solange ich noch einigermaßen gut sehen konnte, konnte ich selbst entscheiden, wer sie erhält, und hoffen, dass sie und damit auch meine Mitarbeiter in gute Hände gelangen oder jetzt gekommen sind. Nichtstun, einfach dasitzen, habe ich mir nie erlaubt. Nicht, weil ich es nicht konnte, ich hatte den Anspruch an mich, etwas Tolles auf die Beine zu stellen und es hat mir auch unheimlich viel Spaß gemacht. Doch jetzt … herumsitzen, oder ich will es mal positiv ausdrücken, die freie Zeit genießen, ist für mich etwas Neues und … da bin ich mir sicher, das wird mir irgendwann auch langweilig. Aber im Moment, hier auf Amrum … hier mit dir, habe ich kein Problem damit. Übrigens liebe ich Knoblauch und habe ihn auch gegessen, als ich noch arbeiten musste. Ich glaube, die Lüftungsanlage ist nicht nur einmal meinetwegen hochgedreht worden.« Wieder dieses herrliche Lachen, das mir so unter die Haut geht.

»Dann werde ich mal den Grill anwerfen. Vertrau mir, der Fisch wird dir schmecken.« Sie hantiert vor mir herum und den Geräuschen und vor allem dem Geruch nach zu urteilen, entzündet sie Holzkohle. Schon der Geruch verspricht ein leckeres Essen, und aus dem Haus dringt der Duft von Rosmarin und Knoblauch. Leevke hat nicht gelogen. Es riecht gut.

»Wie geht es deinem Fuß?«

»Es geht.«

»Sehr gut. Dann fahre ich dich morgen zum Doc und vielleicht steht ab übermorgen der Erkundung dieser Insel nichts mehr im Wege. Du musst mit mir nach Nebel zu Meike fahren und dort mit mir Kaffee trinken und noch einmal leckeren Kuchen essen.« Sie sagt das einfach so, aber so einfach wird es nicht. Vor allem, will ich, dass es jeder sieht?

»Und Thor und Odin treffen. Aber das kannst du gerne nachher auch machen, wenn ich sie füttern gehe.«

»Leevke?«

»Hm.«

»Hilfst du mir morgen noch mal mit der Einrichtung der Geräte?«

»Sehr gerne.«

LEEVKE BOGER

Erfreut über seine erneute Frage lächle ich. Da ich ihm nicht zugewandt bin, sieht er es nicht, wenn er es überhaupt noch sehen könnte. Ich traue mich noch nicht zu fragen, wie viel Sehkraft er noch besitzt, aber viel kann es nicht sein. Ich gebe zu, dass ich heute Morgen auf der Terrasse auf meinem Handy gegoogelt habe. Die Betroffenen sehen noch lange mit einer Art Tunnelblick. Es braucht dazu viel Licht. Leon hat selbst gesagt, dass er Angst davor hat, dass es irgendwann ganz dunkel wird, deshalb gehe ich davon aus, dass er noch eine gewisse Sehkraft besitzt. Aber er benötigt technische Hilfsmittel, die ihm das Leben erleichtern. Der Laptop ist erstaunlich. Ehrlich gesagt wusste ich nicht, dass es so etwas gibt. Gut, ich bin auch noch nie einem Menschen begegnet, der nicht gut sehen kann. Die Holzkohlen sind fertig. Ich sehe auf die Uhr. Bald sollten die Kartoffeln gar sein. Deshalb gehe ich kurz in die Küche und hole den Fisch, den ich am Morgen in Kräuter eingelegt habe.

Er duftet jetzt bereits köstlich. Gleich wird er die Luft erfüllen. In Alufolie eingewickelt, wird er rasch gar sein. Während er gart, gehe ich zurück in die Küche. Zuerst hole ich zwei Weingläser und eine Flasche meines Lieblingsweins aus dem Kühlschrank. Ein leichter Tropfen. Danach nehme ich die Kartoffeln aus dem Ofen und gieße das Salatdressing über die geschnittenen Tomaten mit den Zwiebeln. Trage alles auf einem Tablett nach draußen. Zuletzt hole ich Teller und Besteck und stelle alles auf den Tisch. Wir waren beide die letzten Minuten still. Jeder hängt irgendwie seinen Gedanken nach. Trotzdem ist die Stimmung nicht seltsam oder unangenehm, man muss nicht immer reden. Als der Fisch fertig ist, nehme ich ihn vom Grill und lege ihn zwischen uns auf den Tisch.

»Wow, er riecht unglaublich lecker, du hast nicht zu viel versprochen.«

»Danke.« Routiniert nehme ich ihn aus der Folie und schneide ihn in zwei Hälften. Entferne die Gräten und gebe Leon einen Teil des Fisches auf seinen Teller. Dazu gibt es die Kartoffeln und den Salat.

»Lass es dir schmecken.«

»Danke.« Er nimmt aber zuerst das Weinglas in die Hand und prostet mir zu.

»Danke für die Einladung und nimm es mir nicht übel, wenn ich das Essen etwas … umständlich genieße …« Er lächelt noch einmal und beginnt zu essen. Irgendwann zwischen zwei Bissen oder einem Schluck Wein fragt er mich nach meinem Beruf.

»Was machst du beruflich?«

»Ich bin Steuerberaterin.« Er hält inne, schaut mich an und sagt: »Das ist nicht dein Ernst.« Ich grinse.

»Absolut.«

»Ganz ehrlich? Im Leben hätte ich das nicht vermutet.«

»Weshalb nicht?«

»Keine Ahnung, aber die Steuerberater, die ich kenne, sind alle von einer völlig anderen Sorte Mensch. Sie tragen steife Anzüge und sind an den Schläfen bereits ergraut. Ich hoffe für dich, dass das bei dir nicht der Fall ist.« Ich beginne zu lachen.

»Nein, das ist zum Glück noch nicht der Fall. Deinen Sätzen entnehme ich, dass du nur Steuerberater kennst, die in alteingesessenen Kanzleien sitzen und viel Geld verwalten. Die auch gut sind, wobei ich das auch bin.«

»Das glaube ich dir aufs Wort.«

»Mein Bruder nennt mich eine Tyrannin.« Wieder lacht er.

»Du bist also sehr streng, was Ablage, Buchführung und so weiter angeht.«

»Oh ja. Ich habe ihm mein System aufgezwungen, und ich gebe zu, er macht das gut. Aber verrate es ihm nicht. Mit Tanja muss ich noch ein bisschen üben. Sie ist bockig.« Da ist wieder dieses herrliche Lachen, das die Schmetterlinge in meinem Bauch fliegen lässt. Wie kann man nur so unverschämt attraktiv sein?

»Erzähl mal. Wie kommst du gerade auf diesen Beruf?«

»Der Ausbildungsplatz war frei und sie haben mich genommen. Ich hätte Müllmann gelernt, nur um von der Insel wegzukommen. Das stimmt jetzt nicht ganz. Aber so ähnlich war es. Ich habe mich nach der Schule auf dem Festland beworben. In der Tourismusbranche wäre sicher etwas frei gewesen, aber das war eher die zweite Wahl. Ich habe in meiner Jugend so viel gekellnert, geputzt und falsch gelächelt ... das konnte ich mir nicht für immer vorstellen. Also gab es noch diese freie Stelle als Steuerfachangestellte und die habe ich angenommen und festgestellt, dass das genau das Richtige für mich ist. Ich liebe Zahlen, ich liebe die Buchhaltung. Ich liebe Bilanzen und das Erstellen von Firmennetzwerken und ich bin gut darin ... stoppe mich doch. Du meine Güte, Leon, stoppe mich schnell, sonst höre ich nicht mehr auf.« Wieder ist es dieses Lachen ohne jede Anspannung in ihm. Es ist frei von allen Sorgen. Deshalb rede ich einfach weiter.

»Nach der Ausbildung habe ich ohne Pause ein berufsbegleitendes Studium begonnen. Was eine harte Zeit war, denn mein damaliger Chef hat das zwar positiv aufgenommen, dass ich mich weiterbilden möchte und mich auch dabei unterstützt, aber nur ...«

»Lass mich raten, wenn der normale Betrieb dadurch nicht gestört wird.«

»So könnte man es zusammenfassen. Aber auch das habe ich geschafft. Hatte den Ehrgeiz, es allen zu zeigen, da bin ich, glaube ich, meinem Bruder sehr ähnlich. So schlecht wie man uns hier auf Amrum behandelt hat oder so abwertend sie über uns gedacht haben, und das war auch so, umso größer war der Ehrgeiz bei uns allen, es ihnen zu zeigen. Ihnen zu zeigen, dass sie mit ihrer Prognose, aus uns würde nichts werden, falsch lagen.«

»Du hast also die Steuerberaterprüfung ohne Probleme bestanden.«

»So was von, mit Bestnoten. Jetzt klinge ich überheblich, was ich nicht bin, aber ehrlich gesagt macht es mich auch stolz, dass ich es geschafft habe. Danach habe ich meinem Chef klargemacht, dass ich eine entsprechend verantwortungsvolle Position haben möchte und nicht nur die Einkommensbescheide für die Bürger rund um Wyk erstellen will.

Ich strebte sozusagen nach Höherem.« Wieder ertönt sein Lachen.

»Anfangs wurden mir ein paar Hotels zugeteilt, bald auch kleinere Firmen und es sprach sich schnell herum, dass in der Kanzlei eine junge Steuerberaterin arbeitet, die was kann. Die auch mal was ausprobiert oder neue Ideen hat. Da war ich dann wieder Leevke Boger, die sich eines auf die Fahne geschrieben hat, dass ich mich nicht ausnutzen lasse. Ich habe meinem Chef klargemacht, dass ich mich nicht mehr nur mit einem kümmerlichen Gehalt abspeisen lasse. Er war sehr entgegenkommend, trotzdem werden wir demnächst getrennte Wege gehen.«

»Weshalb?«

»Er geht in den Ruhestand. Mir geht es finanziell gut, Leon. Aber ich kann nicht einfach so eine Kanzlei kaufen und ... will ich auch nicht. Ich denke darüber nach, etwas Eigenes aufzubauen. Das weiß aber weder mein Chef, noch wissen es meine Geschwister. Leon, was ich eigentlich sagen will, ich bin nicht nett zu dir, weil ich weiß oder ahne, dass du Geld hast. Und nein, dazu muss ich nicht wissen, dass du eine Firma hattest und sie gut verkauft hast. Du strahlst es aus. Deine Kleidung. Einen Chauffeur zu haben. Ich kann kombinieren. Ich wollte dir das nur ganz klar sagen, weil ... du interessierst mich. Als Mann, und dass du nicht mehr so gut siehst, ist nicht toll für dich, aber es hat nichts damit zu tun, dass da seltsamerweise Insekten in meinem Bauch herumschwirren, wenn du anfängst zu lachen. Das ist erstaunlich.« Etwas heiser sagt er: »Was?«

»Dass da Insekten sind. Die waren da eigentlich nur in meiner Jugend, als ich mich unsterblich in Peter verliebt habe. Er war der Sohn eines dieser reichen Möchtegerns, bei denen ich die Villa geputzt habe.«

»Ach … will ich mehr darüber wissen?«

»Ich glaube nicht. Ich erzähle es dir trotzdem. Einen Sommer lang schwebte ich mit ihm auf Wolke sieben, bis er zum Studieren in die USA ging … oder weiß der Geier wohin.«

»Du bist unglaublich, Leevke, erfrischend anders und … danke.«

»Wofür jetzt?«

»Für deine Ehrlichkeit, deine Offenheit und dafür, dass du mir hilfst, ohne mir das Gefühl zu geben, eine Last zu sein.«

»Amen. Können wir jetzt wieder Spaß haben und über die Insekten in meinem Bauch reden? Die machen mich nervös und wie wäre es, wenn du jetzt den Göttervater und seinen Sohn kennenlernst? Die beiden haben Hunger. Und danach … ich will dich nicht stressen, aber danach solltest du, glaube ich, zu dir, in die Kate und etwas zu dir kommen. Morgen können wir uns wieder im Strandkorb treffen, was meinst du? Und kannst du zu deiner Kate gehen? Denn dann hätte ich die Gassirunde mit Lenny auch gleich hinter mir. Ich kann dich aber auch fahren.« Wieder sitzt er nur da, sieht in meine Richtung und murmelt leise vor sich hin: »Unglaublich, diese Frau ist … gerne, lass uns zu Odin gehen. Ich glaube, mit irgendwelchen Göttern sollte man es sich nicht verscherzen und Guten Tag sagen gehört zum guten Ton.«

»Wo du recht hast …« Er steht auf und geht mit seinen Krücken die ersten Schritte über die Terrasse. Interessanterweise geht Lenny sofort auf ihn zu, berührt ihn am Bein, lässt den Kontakt nicht abreißen und als er die Stufe erreicht, die von der Terrasse auf den Weg führt, bellt Lenny.

»Das ist doch mal interessant.«

»Was?«

»Jetzt kommt eine Stufe. Lenny wollte dich darauf

aufmerksam machen. Vielleicht solltest du darüber nachdenken, dir einen Hund anzuschaffen.« Er lacht darüber, aber so abwegig finde ich den Gedanken gar nicht. Vorsichtig und noch nicht so sicher, wie er ohne Krücken bestimmt gehen würde, tritt er die Stufe nach unten. Wie vorhin, als wir zum Haus gelaufen sind, gehe ich neben ihm und mache ihn auf Unebenheiten aufmerksam, mehr nicht. Als wir am Gatter stehen, hinter dem Odin und Thor grasen, stoppe ich ihn.

»Sie beißen nicht, aber sie sind noch nicht da. Ich hole uns ein paar Möhren, da können die beiden Feinschmecker nicht widerstehen.«

»Feinschmecker?«

»Ja, das sind echte Feinschmecker. Oder verwöhnte Esel. Mein Bruder hat ihnen Heu von einem Landwirt in den Alpen gekauft und hierher transportieren lassen. Es ist so verrückt, aber was soll ich sagen, sie lieben dieses Heu, das nach Kräutern duftet. Und nein, ich diskutiere auch mit keinem Umweltschützer darüber, dass das absoluter Schwachsinn ist. Leeve liebt die beiden einfach.«

»Das ist nicht wahr. Das hast du dir eben ausgedacht.«

»Nein, das stimmt wirklich.«

»Hey Leevke, ich hatte bisher nicht viel mit Tieren zu tun, aber ich glaube, ich mag Leute, die Tiere mögen und ihnen extra spezielles Futter kaufen.«

»Mein Stichwort, ich gehe Karotten holen.« Als ich zurückkomme, unterhält sich Leon mit den beiden, die zu ihm gekommen sind. Ohne Möhren.

»Na, ihr zwei? Wer von euch ist denn jetzt Odin? Ich nehme an, das bist du. Du scheinst mir hier der Boss zu sein.« Grinsend komme ich näher.

»Das kann täuschen.«

»Du meinst, das ist die freche Jugend, die sich vordrängt und die Streicheleinheiten abholt?«

»Genau richtig kombiniert. Das ist Thor. Odin ist zu deiner Linken.« Ich gebe ihm zwei Karotten, die er, ohne zu zögern, durch das Gatter streckt, und beide knabbern sie genüsslich aus seiner Hand. »Kann ich dich noch einmal mit ihnen allein lassen?«

»Natürlich.« Schnell gehe ich in ihren Unterstand und gebe ihnen frisches Heu in die Futterkrippe und entferne noch ein paar Hinterlassenschaften mit der Gabel. Danach aber trete ich erneut zu Lenny und Leon, der immer noch beide streichelt. Ich sage: »Was für verwöhnte Gesellen das sind.« Er wendet sich mir zu.

»Ich würde sagen, die wissen, was gut ist. Eigentlich sind es sehr intelligente Tiere, wie kommt man nur auf die Idee, sie dumm zu nennen?«

»Nicht dumm. Stur. Und das, Leon, können sie sein.« Er lacht und nimmt seine Krücken.

»Wohin?«

»Einfach geradeaus, der Bohlenweg geht erst bei den Dünen los.« Wie schon der Weg zum Haus meines Bruders klappt auch der Rückweg ganz gut. Wären die Krücken nicht, würde niemand merken, dass Leon nicht sehen kann. Er verlässt sich auf mich und geht nicht vorsichtig oder langsam. Ich bin sogar erstaunt, wie gut er das macht. Ich versuche auch, ein paar Schritte blind zu gehen, ohne dass er es sieht, und bin viel schlechter darin. Als wir bei ihm an der Niemeyer-Kate ankommen, verabschiede ich mich von ihm. Ohne Kuss, obwohl ich wirklich gerne einen von ihm bekommen hätte. Aber ich bin realistisch. Wir kennen uns noch nicht richtig. Aber da sind diese Schmetterlinge in meinem Bauch und …

»Bis morgen, Leon.«

»Bis morgen. Schlaf gut.«

»Du auch.«

Zu Hause sitze ich einfach nur da und schaue über die Dünen. Schaue zu Lenny hinüber, der es sich vor mir bequem gemacht hat. Schüttle den Kopf.

»Was für ein Tag. Ich meine … was für ein toller Mann.«

LEON KASER

In der Kate angekommen, stelle ich den Rucksack auf den Tisch im Wohnbereich. Hole mir eine Flasche Bier aus dem Kühlschrank und humple auf die Terrasse. Das Gehen geht tatsächlich wieder einigermaßen. Möglicherweise ist es morgen wirklich fast wieder gut. Oder ich kann wenigstens ohne Krücken gehen. Nur mit dem ... Stock, der jetzt zu mir gehören wird. Ich nehme einen tiefen Schluck und lasse es bei Alex klingeln, der sicher auf meinen Anruf wartet.

»Hallo Alex.«

»Herr ... Leon?«

»Ich bin gut in der Kate angekommen.«

»Das freut mich zu hören. Kamst du mit dem Einrichten der Geräte zurecht?«

»Ich hatte Hilfe, aber ja sehr gut. Schon alleine das Notebook macht vieles einfacher. Morgen werde ich mich an das Gerät für meine Brille wagen. Dabei könnte ich am Nachmittag deine Hilfe gebrauchen. Leevke kennt die Leute nicht, die ich gerne mit Namen einspeichern möchte.«

»Natürlich. Einfach anrufen. Sie …« Er stockt.

»Was?«

»Sie scheint ein netter Mensch zu sein. Entschuldige, das war jetzt zu privat.« Ohne auf seine Entschuldigung einzugehen, antworte ich ihm: »Ist sie. Dann bis morgen, Alex.« Ich lege auf, nehme noch einen Schluck aus der Flasche und genieße die Stille um mich herum, wobei es nicht still ist. Es gibt so viele Geräusche, die ich wahrnehme. Mit geschlossenen Augen sitze ich da und versuche herauszufinden, was ich alles höre. Vor allem höre ich das Gelächter der Jugendlichen. Außerdem rieche ich den Rauch von einem Lagerfeuer. Wahrscheinlich haben die Teenager aus der Jugendherberge am Strand ein Feuer angezündet. Wenn ich gut laufen könnte, würde ich mich vielleicht sogar bis zum Strandkorb trauen. Aber mit Krücken lasse ich es lieber. Höre der leisen Musik aus der Jukebox zu und gehe erst spät in der Nacht ins Bett. Freue mich auf den morgigen Tag und habe zum ersten Mal seit Langem keine Angst vor dem Aufwachen. Habe keine Angst davor, nur Dunkelheit zu sehen. Warum auch immer. Der Morgen kommt schneller, als ich irgendwie gedacht habe. Ich habe unglaublich gut geschlafen. Ob es an der Seeluft liegt? Als ich erwache, lasse ich meine Augen geschlossen und lausche erst einmal den Geräuschen, die ich höre. Versuche zu analysieren, was ich wahrnehme, was mir gar nicht so schwerfällt. Da ist Vogelgezwitscher und das Kreischen der Möwen ist deutlich zu hören. Auch ein paar Autos kann ich wahrnehmen. Gelächter vom Strand und auch der Wind ist gut zu deuten, oder das Klappern von irgendwelchen losen Dingen, die er bewegt. Die Wellen … wenn ich ganz genau hinhöre, kann ich sie auch hören. Langsam öffne ich meine Augenlider, und obwohl ich nicht diese durchdringende Angst spüre, bin ich wie in den letzten Tagen und Monaten auch froh, noch diesen einen hellen Punkt wahrzunehmen. Er ist noch da. Tief durchatmen. Auch wenn ich nicht viel damit anfangen kann, ist es ein Lichtblick, der mir irgendwie guttut. Der Arzt hat gesagt, dass es gut sein kann, dass mir dies bleibt. Dass bei vielen Betroffenen, dieser kleine Rest Sehkraft, der eigentlich keiner ist, bleibt. Sie nützt mir nicht viel. Ich kann damit weder lesen noch Menschen erkennen, noch sehen, wo ich hingehe. Aber es ist Licht und irgendwie wäre ich froh, wenn genau das noch bliebe, wenn nicht alles in tiefster Dunkelheit verschwinden würde. Langsam erhebe ich mich und dusche. Meinem Knöchel geht es schon viel besser. Der Verband allerdings ist jetzt nass. Ich Idiot habe vergessen, die Binde vorher abzuwickeln.

»Na toll.« Vorsichtig, um nicht auszurutschen, gehe ich zurück ins Zimmer und wickele das nasse Teil ab. Es muss so funktionieren. Später, wenn ich mit Leevke zum Doc fahre, kann er bei Bedarf einen neuen Verband anlegen, aber ich glaube nicht, dass das nötig sein wird. Das Auftreten ist wieder viel besser und das Laufen klappt auch ohne Krücken. Allerdings hinke ich noch ordentlich. Angezogen gehe ich in die kleine Küche und bereite mir das Frühstück zu. Kein Omelett, von dem Leevke gesprochen hat, das traue ich mir nicht zu. Aber eine Stulle Brot mit Wurst dazu Kaffee, mehr braucht es nicht und dieses kleine Frühstück genieße ich wie gestern auf meiner Terrasse. Ohne Scherben oder sonstiges Missgeschick. Ich werde immer besser. Das ist jetzt wirklich schwarzer Humor. Irgendwie. Doch nach dem Frühstück beschließe ich, wieder an den Strand zu gehen. Kurz frage ich noch Siri, wie das Wetter heute wird, denn der Wind scheint doch stärker zu wehen als gestern. Ich selbst kann das Wetter nicht einschätzen, da ich den Himmel nicht sehen kann. Gut, die Sonne scheint vom Himmel, das spüre ich, aber wenn mich meine Nase nicht täuscht, rieche ich irgendwie Regen. Aber das kann auch Einbildung sein. Doch mein geliebtes Handy gibt mir recht. Es sagt ein Gewitter voraus, zwar nur lokal und kurz, aber das bedeutet Regen. Trotzdem beschließe ich, zum Strandkorb zu gehen, auch weil ich es unbedingt noch einmal alleine schaffen will. Was ich mitnehme, und das ist eine Premiere für mich, ist mein Blindenstock. Keine Krücken, sondern den Stock nehme ich mit und damit schaffe ich es auch zügig über den Weg zum Strandkorb und setze mich hinein. Kaum sitze ich, werde ich begrüßt. Lenny kommt angerannt, ich höre sein Bellen schon von Weitem, und ich muss grinsen, zudem klopft mein Herz. Wenn Lenny unterwegs ist, ist auch Leevke nicht weit.

»Hallo mein Lieber. Nicht so viel Liebe auf einmal!« Ich muss grinsen. Er lässt sich nicht aufhalten, hat seine Pfoten auf meine Oberschenkel gelegt und will ganz nah an mich heran.

»Jetzt reicht es aber.« Ich sage es absichtlich streng, obwohl ich lachen muss.

»Wo hast du denn Leevke gelassen? Sie scheint noch nicht in der Nähe zu sein. Bist du etwa ausgebüxt? Das macht man aber nicht! Du musst doch dein Frauchen beschützen!« Langsam beruhigt er sich und lässt sich brav vor meinen Füßen in den Sand fallen. Zumindest spüre ich dies, als ich mich bücke, um nach ihm zu tasten. Als er keine Anstalten macht, zu verschwinden, lasse ich ihn einfach liegen. Vielleicht ahnt Leevke, wo er hin ist, oder sie weiß, dass er immer wieder zurückkommt. Etwa eine Stunde später lasse ich mir von meinem neuen Laptop die Bedienungsanleitung für das zweite Spielzeug vorlesen. Es ist kein Spielzeug, es ist etwas

Geniales – wenn es funktioniert. Ich bin gespannt, denn es wird meinen Alltag unglaublich erleichtern. Wie gesagt, wenn es funktioniert. Leevke lässt sich Zeit. Bin ich ungeduldig? Verdammt, ja, das bin ich. Ich muss über mich selbst lachen. Dann rede ich mit Lenny und frage mich erneut – rede ich wirklich mit einem Hund?

STRANDKORB SIEBEN

Da macht mir definitiv jemand Konkurrenz. Leeves Hund Lenny scheint zu ahnen, dass hier etwas im Busch ist. Mein Gast hat heute Morgen gute Laune und kam ohne Krücken, dafür allerdings mit diesem Stock. Ich bin mir sicher, dass er ihn noch nicht oft benutzt hat. Allerdings schaut er, glaube ich, unbewusst den Strand entlang, aus dessen Richtung Leevke kommen würde, sollte sie ihn besuchen. Was ich hoffe. Ja, die beiden ... ich glaube, trotz der Schwierigkeiten, die Leon, mein Gast, offensichtlich hat, könnten sich zwei gefunden haben. Wenn jemand mit seiner Einschränkung umgehen kann, dann Leevke. Ich werde weiter beobachten und meinen Charme spielen lassen und wenn die beiden in mir sitzen, werde ich meine Magie über sie ausschütten. Ach, wie schön ist doch der Sommer hier auf Amrum.

LEEVKE BOGER

Am liebsten würde ich gleich nach dem Aufstehen zu ihm hinüberlaufen. Wie verrückt das ist. Doch das geht nicht. Er würde sicher denken, dass ich ihm nicht zutraue, alleine zurechtzukommen. Und dann sage ich zu mir selbst, Leevke, du machst dir etwas vor, es geht nur darum, dass du von dir selber nicht denkst, dass du einem Mann hinterherlaufen könntest. Wie dumm das ist! Ich habe die halbe Nacht wach gelegen und über die letzten zwei Tage oder Stunden nachgedacht. Nachgedacht über Leon. Über die Gefühle, die er in mir auslöst, und bin zu dem Schluss gekommen, dass es vielleicht nur daran liegt, dass ich nichts zu tun habe. Dass mir die Arbeit fehlt und ich deshalb auf diese blöden Gedanken komme, dass er mir etwas bedeutet. Ich kenne ihn doch gar nicht richtig. Oder? Keine Ahnung, was mich geritten hat, ihm so viel von mir zu zeigen, von mir zu erzählen ... Gleich nach dem Aufstehen füttere ich die Tiere, dann lasse ich Lenny auf die Terrasse und gehe in Leeves Büro, um mich seiner Buchhaltung und dem Jahresabschluss zu widmen. Da ich jetzt auch noch Tanja mit einbeziehen muss, wird das im nächsten Jahr etwas aufwendiger. Da ist es gut, wenn die Weichen gleich gestellt sind, oder anders gesagt, wenn ich den beiden klarmache, wie sie es zu handhaben haben. Leeve hat in den letzten Jahren etwas Tolles aufgebaut. Es ist keine Goldgrube, aber es ist ein solides Unternehmen entstanden, von dem er gut leben kann. Dazu kommen jetzt noch die Einnahmen aus Tanjas Praxis und die Miete für die Wohnung, in der Doc Hinnek lebt. Für Leeve entspannt sich damit vieles, vor allem was den laufenden Kredit für das Haus betrifft, und er wird ohne Probleme auch die restlichen Räume der schönen Kate renovieren können. Nichts freut mich mehr, als dass es ihm gut geht. Er glücklich ist. Es war ein Glücksfall, dass er dieses Anwesen kaufen konnte. Manchmal frage ich mich sogar, ob ich hierher auf die Insel zurückkehren möchte. Dann wieder schüttle ich den Kopf und spüre gleichzeitig dieses Ziehen in meinem Herzen und atme tief durch, was mir unwillkürlich ein Lächeln ins Gesicht zaubert. Ich bin mir ziemlich sicher, dass ich, wenn sich die Gelegenheit böte ... dann ... ich glaube, ich würde nicht zweimal darüber nachdenken, nicht einmal eine Nacht darüber schlafen, sondern spontan zuschlagen. Andererseits brauche ich mir darüber keine Gedanken zu machen, denn das wird nicht passieren. Alle Grundstücke oder Häuser, die in den letzten Jahren verkauft wurden, sind von Investoren oder reichen Leuten aufgekauft worden, die sich hier auf Amrum ein Feriendomizil einrichten möchten. Dies zu horrenden Preisen. Die Einheimischen bleiben dabei leider auf der Strecke. Ein Unding und doch im Moment nicht aufzuhalten. Ich schaue auf die Uhr. Wenn wir noch vor Mittag bei Doc Hinnek sein wollen, muss ich zu Leon. Er wird bestimmt im Strandkorb auf mich warten und ich ... ich bin nicht gekommen. Als ich auf die Terrasse trete, sehe ich mich nach Lenny um.

»Lenny? Hey Großer, wo bist du?« Sein Platz, auf dem er normalerweise liegt, ist leer. Ich bekomme ein schlechtes Gewissen, weil ich nicht nach ihm gesehen habe.

»Lenny?« Ich trete in den Hof, doch er ist nirgends zu sehen. Weit weg wird er nicht sein, und doch würde ich jetzt gerne zu Leon, aber ohne zu wissen, wo er ist, will ich nicht gehen.

»Lenny!« Keine Antwort. Kein Bellen, kein Hund. Ich schaue zum Strand, ob er dort ist, vielleicht sogar zu ... Mit schnellen Schritten überquere ich den Bohlenweg und sehe schon von Weitem, dass es tatsächlich so ist. Diese treulose Hundeseele ist zu Leon gerannt und liegt ihm buchstäblich zu Füßen.

»Moin Leon.«

»Moin Leevke, ich habe bereits Besuch.«

»Und genau diesen Besuch habe ich gesucht. Du Feger. Einfach weglaufen. Sollen wir zu Doc Hinnek gehen? Ich weiß, dass er morgens gerne alle Termine erledigt. Und ich habe versprochen, dir zu helfen, aber ... die Steuer meines Bruders hat mich davon abgehalten. Aber damit bin ich jetzt durch.« Ich hoffe, er nimmt nicht wahr, dass ich ihn irgendwie anlüge. Seine nächsten Worte zeigen, dass er mich durchschaut hat.

»Aha, die Steuer.« Er zwinkert mir zu. »Hast du etwa kalte Füße bekommen?« Verblüfft schaue ich ihn an. Er grinst mich weiter an und die Schmetterlinge sind wieder da.

»Mist.«

»Was meinst du?«

»Sie sind wieder da. Ich dachte, ich hätte sie mir eingebildet oder verjagt oder ...«

»Ich habe keine Ahnung, wovon du sprichst.«

»Die Schmetterlinge in meinem Bauch. Ich wollte sie mit der Steuer vertreiben, damit kann man fast alles vertreiben, aber das ... es hat nicht funktioniert.« Ich schaue Leon an, dann beuge ich mich zu ihm hinunter und küsse ihn zärtlich. Berühre seine Wange und streichle seine Haare. Er erwidert den zärtlichen Kuss und als ich mich von ihm löse, hat er diesen verzauberten Blick ... den ich auch in mir zu sehen glaube.

»Ich habe dich nur deshalb geküsst.«

»Wegen der Schmetterlinge?«

»Nein. Du trägst deine Brille nicht und ich wollte den Ausdruck in deinen Augen sehen, wenn ich ... verdammt Leon, was geschieht hier? Ich ... das verunsichert mich und das kommt, ehrlich gesagt, extrem selten vor. Vor allem, wenn es um Männer geht.«

»Vielleicht, weil du so etwas noch nie erlebt hast? Ich kann dich beruhigen, mir geht es genauso.« Ich nicke, was er nicht sehen kann, also rede ich. Mit Leon muss man mehr reden, denn er kann vieles erahnen, aber nicht sehen.

»Möglich. Wie geht es deinem Knöchel? Da du keine Krücken hast, nehme ich an, besser?«

»Ja. Aber ich muss zugeben, dass ich heute Morgen einen Fehler gemacht habe, für den ich hoffentlich nicht büßen muss. Ich habe mit Verband geduscht, also ... wie streng ist Doc Hinnek?«

»Streng, das mit dem Lutscher hast du definitiv vermasselt.« Wieder fängt Leon an zu lachen und ja, es fasziniert mich von Mal zu Mal mehr, wie er sich verändert.

»Sollen wir zum Doc gehen?«

»Nur, wenn ich einen Lutscher bekomme.«

»Ich habe eine bessere Idee, anschließend fahren wir

nach Nebel und genießen bei Meike im Café Kaffee und Friesentorte. Anschließend können wir dein Gerät einrichten. Was hältst du davon?«

»Klingt nach einem vernünftigen und sehr guten Plan. Ich habe Alex, meinen Fahrer, gebeten, heute Nachmittag zur Kate zu kommen. Er hilft mir oder uns mit den Gesichtern, den Fotos und den Namen. Du kennst die Leute ja noch nicht.« Mir ist sehr wohl bewusst, dass er »noch nicht«, sagt. Sei es aus Freundlichkeit oder weil er wirklich möchte, dass ich sie kennenlerne. Meine Güte, wir reden hier von einer so kurzen Zeit, in der ich ihn überhaupt kenne, und ich frage mich, ob man dieses Wort in dieser kurzen Zeit überhaupt verwenden sollte. Aber wir haben uns geküsst und … und es kommt mir wie eine Ewigkeit vor.

»Dann mal los.« Lenny steht wie auf Kommando auf und wir gehen, nachdem ich Leons Rucksack gepackt habe, zu mir, denn dort steht auch das Auto. Kurz überlege ich, ob es eine gute Idee ist, ihn die Strecke laufen zu lassen. Aber er ist ein großer Junge und hätte mir sicher gesagt, wenn er der Meinung wäre, es sei zu viel für ihn. Wir gehen nebeneinander und ich muss zugeben, dass ich überrascht bin, wie gut er mit dem Stock zurechtkommt, aber noch mehr bin ich von Lenny überrascht. Er weicht Leon nicht von der Seite. Der Gedanke, den ich gestern bei seinem Verhalten hatte, kommt mir wieder in den Sinn. Wenn ich Leon etwas länger kennen würde … wenn … vielleicht würde ich ihn auf diese Möglichkeit aufmerksam machen, aber ich weiß viel zu wenig über ihn, habe keine Ahnung, wo er wohnt und ob es dort für ein Tier überhaupt geeignet ist. Fragen über Fragen und fast vergesse ich, ihn auf eine Stolperstelle aufmerksam zu machen. Es ist Lenny, der bellt.

»Guter Junge. Pass auf Leon auf! Jetzt geht es über den

Bohlenweg. Bitte pass mir auf deinen Knöchel auf, etwas langsamer, ja?« Wir schaffen auch das und danach führe ich ihn direkt zum Auto. Wir haben doch etwas länger gebraucht, als ich gedacht habe. Macht aber nichts, schließlich habe ich uns bei Doc Hinnek angemeldet. Dort angekommen begrüße ich erst einmal Thea, die jetzt für Tanja arbeitet.

»Moin Thea.«

»Moin Leevke, bringst du den Herrn Kaser wieder zum Doc?« Sie betont das DU entsprechend.

»Klar, warum nicht.«

»Nun, er hat ... Moin Herr Kaser.« Leon, der mir etwas langsamer gefolgt ist, tritt an den Tresen. Natürlich hat er Thea gehört, wie auch nicht, und sicher hat er auch ihren besonderen Unterton vernommen, was das »du« betrifft.

»Moin ... Frau ... Thea.« Ich lächle, denn ja, er weiß nicht, wie sie mit Nachnamen heißt und es ist auch nicht wichtig. Alle nennen sie einfach Thea. Bevor Thea weitere Fragen stellen kann, öffnet sich die Tür des Behandlungszimmers und Doc Hinnek kommt heraus. Ihm folgt, und das ist jetzt weniger erfreulich, mein Vater.

»Moin Leevke, Herr Kaser, bitte, Sie können gleich ins Zimmer gehen. Geradeaus, links von der Tür ist die Liege, da können Sie sich hinsetzen.« Er legt Thea eine Mappe hin und folgt Leon. Ich stehe mit Vater im Flur. Der mich zwar ansieht, aber ...

»Wie geht es dir, Vater?« Er geht einfach an mir vorbei zur Tür hinaus. Keine Antwort, nichts. Hinter mir murmelt Thea vor sich hin, aber in einer Lautstärke, die ich auch gut verstehe.

»Sturer, unverbesserlicher Kerl.« Ich setze mich ins Wartezimmer. Die Tür zum Behandlungszimmer öffnet sich rasch wieder und ich stehe auf. Höre Doc Hinnek und Leon zu.

»Bitte tragen Sie die Schiene ein paar Wochen, damit sich das Sprunggelenk wieder stabilisiert. Sie sind nicht so trittsicher, da Sie nicht so gut sehen können, deshalb ist es besser, jede Hilfe anzunehmen, und eine Schiene ist jetzt nichts, was Sie besonders einschränkt.« Leon dreht sich zu mir um. Hat er mich gehört oder gespürt? Ich weiß es nicht. Er sagt zu mir: »Ich war wirklich brav und der Doc hat nicht geschimpft. Ich habe mir den Kuchen verdient.« Thea und der Doc schweigen und schauen beide neugierig und sehr interessiert in meine Richtung. Thea hat jetzt etwas zu erzählen und in wenigen Minuten wird die ganze Insel von ihrer Vermutung wissen, dass sich zwischen diesem Touristen in der Niemeyer-Kate und Leevke Boger etwas entwickelt. Ich schüttle genervt und auch amüsiert den Kopf, was Leon nicht sieht. Verabschiede mich aber von Thea und dem Doc und wir verlassen die Praxis. Im Auto sagt Leon nur: »Inselfunk?« Lachend meine ich: »So was von. Lass uns Friesentorte essen gehen.«

»Einverstanden.« Während der Fahrt meint Leon: »Schade, dass ich nicht radfahren kann, ich glaube, damit kann man die Insel gut erkunden.«

»Stimmt.« Ich überlege, wie ich ihm seinen Wunsch nach mehr Wind um Nase und Kopf erfüllen kann, und habe auch bereits eine Idee.

»Du lächelst.«

»Kannst du gar nicht sehen.«

»Aber spüren. Woran hast du gedacht?«

»An den Kuchen.«

»Lügnerin.« Ohne ihm zu antworten, blinke ich und parke den Wagen.

»Wir sind da. Du kannst problemlos aussteigen, neben dir steht kein Auto.«

Als wir das gut gefüllte Café betreten, kommt uns Meike

lachend entgegen. Sie schaut zu Leon, dann wieder zu mir und ich weiß genau, dass der Inselfunk auch bei ihr angekommen ist. Die Drähte scheinen zu glühen.

»Hast du einen Platz für uns frei? Wir haben Hunger und würden gerne ... zumindest ich, einen Cappuccino trinken und eine Friesentorte essen. Aber du kannst Leon gerne verraten, welche Torten du heute auf der Karte hast.«

»Ich kann die Ananas-Lavendel-Torte und die Kokos-Heidelbeertorte empfehlen. Mokkatorte gibt es auch, aber die Friesentorte ist natürlich ein Muss.« Leon lacht.

»Überzeugt, aber die Lavendeltorte und die Mokkatorte würde ich mitnehmen. Leevke, wie wäre es, möchtest du später auch noch ein Stück?«

»O ich mag den Mann, Leevke, er ist ein ganz Süßer.« Leon lacht laut auf und auch ich kann mir ein Grinsen nicht verkneifen.

»Eine Lavendeltorte hätte ich auch gerne. Die ist doch neu, oder?«

»Ja. Frisch aus dem Ofen sozusagen. Ich bereite alles vor, aber jetzt bekommt ihr erst mal euren Cappuccino und die Friesentorte.« Als sie nach gefühlten Sekunden wieder an den Tisch tritt, fragt sie nach Tanja und Leeve. Ob es ihnen in den Flitterwochen gefällt. Aber danach lässt sie uns in Ruhe. Leon lehnt sich zurück, das Gesicht der Sonne zugewandt.

»Beobachten sie uns?«

»O ja. Alle. Die Insulaner ausnahmslos.« Er grinst.

»Das gefällt mir.«

»Dass sie uns beobachten?«

»Ja. Sie fragen sich bestimmt, wie ich es geschafft habe, dass eine so hübsche junge Frau mit mir hier Kaffee trinken geht.«

»Leon! Du sollst dich nicht immer so darstellen.«

»Tue ich nicht, es sollte lustig klingen.«

»Hörte sich aber nicht so an.«

»Leevke, es ist wirklich schön hier und in dem Kuchen, dieser Friesentorte, ist doch Pflaumenmus drin, oder?«

»Stimmt. Meikes Schwester Heike hat die Bäckerei und Konditorei von den Großeltern übernommen und Meike hat das Café und das hier ausgebaut. Früher, als ich jung war, haben wir uns nicht so gut verstanden. Niemand mochte die Boger-Kinder, und wenn die Erwachsenen einen nicht mögen, überträgt sich das auf die Kinder. Aber ... es wurde besser, als wir weggezogen sind, wir haben unseren Weg gemacht und vor allem Leeve hat viel dazu beigetragen, dass es besser wurde. Nein, es ist gut geworden. Heute nennt uns keiner mehr die Boger-Kinder mit diesem gewissen Unterton.«

»Es war sicher nicht leicht für euch. Auch nicht, ihnen zu verzeihen.«

»Hm. Aber nachtragend zu sein, hilft nicht. Meike und Heike sind mittlerweile sogar beide Mandanten von mir. Das war ihre Art, mich um Verzeihung zu bitten, und ich habe das auch so verstanden. Auch meine Schwester, also meine Zwillingsschwester Lentje, ist mit vielen auf der Insel wieder im Reinen.«

»Aber deine jüngere Schwester nicht?« Ich schwelge.

»Nein. Sie ... ich glaube nicht, dass Levka jemals wieder hier leben wird. Sie war so jung und der Schmerz über das, was sie hier erlebt hat, hat sie geprägt, mehr als uns andere. Sie ist, ich will nicht sagen, schwächer, das sicher nicht, aber sanfter, sensibler. Levka wird sicher gerne ihre Ferien hier verbringen, Leeve besuchen, oder auch mich, wenn ich wieder hierher zurückkehre, aber sie wird nie wieder hier leben. Sie weiß um die Schönheit der Insel, aber sie hat durch sie viel zu viel Leid erfahren. Vielleicht täusche ich mich aber auch in ihr. Eine Zeit lang hatte ich Angst, dass sie vielleicht ... du verstehst, was ich meine ... aber Leeve hat gemeint, dass ich da auf dem Holzweg bin. Dass Vater das nicht getan hat. Er war meistens viel zu betrunken, um überhaupt ... wenn, dann hat seine Unzulänglichkeit in dieser Richtung ihn noch brutaler, aggressiver gemacht. Sie hat viel öfter und länger mitbekommen, wie unser Vater ihn verprügelt hat. Deshalb glaube ich, dass Leeve recht hat. Ich hoffe es. Du wirst sie mögen. Sie kommt auf jeden Fall nächstes Wochenende und Lentje auch. Wir planen eine Überraschungsparty für Leeve und Tanja. Du bist hiermit eingeladen.«

»Wirklich?«

»Ja, denn ich lade dich ein. Was denkst du, sollen wir bezahlen und dieses eine Gerät einrichten? Ich denke, es wird dir guttun, wenn du weißt, dass es funktioniert. Und hast du nicht gesagt, dass dein Chauffeur kommen wird?«

»Stimmt.« Wenig später sitzen wir wieder im Auto und fahren zur Kate. Ich lasse Leon aussteigen, fahre den Wagen zurück zu Leeves Anwesen und stelle ihn in die Garage. Schaue noch nach den Tieren, streichle Odin und Thor und laufe mit Lenny über die Dünen zur Niemeyer-Kate. So hat Lenny noch ein bisschen Auslauf. Ein Mann sitzt mit Leon auf der Terrasse und sie unterhalten sich. Langsam gehe ich näher. Leon hebt den Kopf.

»Leevke?«

»Ja.«

»Komm näher.« Lenny läuft zu ihm und lässt sich von Leon streicheln.

»Ganz ruhig, mein Großer.«

»Lenny, mach langsam, Leon weiß, dass du da bist.« Der

andere Mann sieht Lenny und Leon lachend an und sagt: »Er scheint dich zu mögen.«

»Kann man so sagen. Leevke, darf ich dir Alex vorstellen. Er fährt mich mittlerweile schon ein paar Jahre, nicht erst seit ich nicht mehr selber fahren darf. Er kennt im Prinzip alle Leute, die ich gerne einspeichern würde, und kann uns helfen. Da ich … na ja, du weißt ja, dass ich mit den Fotos keine große Hilfe mehr bin.« Im ersten Moment frage ich mich, warum er das nicht mit ihm alleine macht. Doch er gibt mir nicht das Gefühl zu stören, ganz im Gegenteil. Wir legen los und bei den Namen und auch Fotos, die ich zu sehen bekomme, wird mir immer mehr bewusst, dass Leon in einer ganz anderen Welt lebt als ich. Da sind teilweise Prominente unter seinen Bekannten oder Freunde, die ich nur aus dem Fernsehen kenne. Nicht, dass ich schüchtern wäre, aber es zeigt mir, wer Leon wirklich ist. Wo er herkommt und dass diese Schmetterlinge, die ab und zu herumfliegen, nicht angebracht sind. Er ist kein Mann für mich. Er ist eine andere Liga. Als ob er spüren würde, dass mich etwas bewegt, dreht er immer wieder seinen Kopf in meine Richtung. Auch Alex, der sehr zurückhaltend ist, aber ein sehr sympathischer Mann, sieht mich immer wieder an. Ich glaube, beide, Leon und er, ahnen, was mit mir los ist, als wir wieder einmal zu einem dieser Prominenten kommen.

»Du kennst Michelle Hunziker? Ich meine, die Hunziker?« Und kurz darauf fällt auch der Name ihres Ex-Mannes. Nicht nur der, mit dem sie auch zwei Kinder hat … Ich ziehe mich noch ein bisschen mehr zurück.

»Kennen ist zu viel gesagt, Leevke. Ja, ich wurde oft zu Veranstaltungen eingeladen, wo auch viele von diesen, wie du jetzt wahrscheinlich denkst, Berühmtheiten sind. Und ja, ich kenne auch Michelle und ein paar andere, aber nicht so gut, wie du jetzt denkst. Außerdem werden sich die wenigsten von ihnen, ich meine jetzt nicht die, die ich in meinem Bildspeicher als Favoriten gespeichert habe, in ein paar Monaten, wenn ich nicht mehr bei diesen Veranstaltungen auftauche, an mich erinnern oder sich nach mir erkundigen. Diese Welt, diese Galas sind oft nur Schein. Mit der wirklichen Welt haben sie nichts zu tun.« Ich nicke nur. Alex' Blick ist immer noch auf mich gerichtet. Er weiß vermutlich am besten, was in mir vorgeht. Als wir fertig sind und die für Leon wichtigen Personen im Bildspeicher haben, will er auch ein Foto von mir und Alex speichern. Auch Lenny bekommt sein Bild in den Speicher.

»Morgen müssen wir noch Meike verewigen und in den Supermarkt gehen und ... du gehst doch mit, Leevke, oder? Ich will nicht, dass du denkst, dass ich dich ausnutze. Das ... Leevke, du denkst doch nicht, dass ich das mache?« Alex will aufstehen. Und sagt: »Ich gehe dann mal Herr K... Leon.«

»Nein.« Ich blicke ihn genauso überrascht an wie Alex. Sein Nein war ziemlich deutlich.

»Ich gehöre nicht mehr zu diesen Leuten, nicht mehr so wie früher. Ja, ich kenne sie, ich will mich nicht wie ein Behinderter fühlen, wenn ich in ein Restaurant gehe und sie vor mir stehen. Ich möchte, dass sie sehen, dass ich mit dem, was mir das Schicksal auferlegt hat, zurechtkomme, und das werde ich, auch wenn es oft schlechte Tage geben wird, an denen ich richtig mies gelaunt bin. Aber durch meine fortschreitende Sehschwäche ist mir klar geworden, dass du, Alex, ein viel besserer Freund bist als Thomas, von dem ich bis vor wenigen Monaten dachte, dass er es sei. Interessanterweise hat er sich seit Weihnachten, als ich ihm sagte, dass ich nächstes Jahr nicht mit zum Skifahren kommen kann, nicht mehr gemeldet. Genauso wenig wie Charles und Cassandra oder Nick und Tracy. Derjenige, der sich fast täglich meldet, ist Raphaele, von dem ich wusste, dass er ein sehr guter Geschäftsmann und auch ein netter Kerl ist. Er ist jetzt wirklich mein bester Freund. Er ist nicht verschwunden. Und ich glaube auch, dass er bleiben wird. Genau wie du, Alex. Und ... wenn ich nicht hierher nach Amrum gekommen wäre, hätte ich dich, Leevke, nie kennengelernt. Wie auch. Ich hätte dich nicht mal eines zweiten Blickes gewürdigt. Gut, das stimmt jetzt vermutlich nicht, denn du siehst auf jeden Fall bezaubernd aus. Versteht ihr? Mein Leben hat sich verändert. Freundschaften, von denen ich dachte, dass sie ewig halten oder zumindest sehr gut sind, sind einfach weg.« Er schnippt mit dem Finger.

»Aber gerade diesen Menschen möchte ich zeigen, dass ich mich nicht unterkriegen lasse. Dass ich Hilfe bekomme von ganz besonderen Menschen, die nicht so oberflächlich denken wie sie. Jetzt setz dich wieder, Alex, ich habe dir extra von Meike eine Mokkatorte mitgebracht, weil ich weiß, dass du das gerne isst.« Alex schaut ihn überrascht an. Ich weiß nicht, ob es daran liegt, dass er Kuchen für ihn gekauft hat oder dass Leon weiß, dass er gerne Mokkatorte isst.

»Leevke, machst du uns Kaffee? Und Leevke?«

»Hm.«

»Wehe, du hast die Schmetterlinge in deinem Bauch dazu gebracht, nicht mehr herumzufliegen.« Ich schüttle nur den Kopf. Was soll denn das jetzt? Alex, der sein Gesicht wieder zu einem Lächeln verzieht, entspannt sich.

»Verdammt, jetzt entspannt euch mal. Ich mag euch, euch beide, und das sollte keine Rede für irgendwelche Investoren werden.«

»Ich kann mir nicht vorstellen, dass dir je einer widerstehen konnte.« Er grinst.

»Ja, ich war verdammt gut.« Alex räuspert sich und verbirgt sein Lachen hinter einem Husten. Ich kann nur den Kopf schütteln. Der Nachmittag wird gemütlich. Alex wird nach einem Glas Wein gesprächiger und auch mir fällt es wieder leichter, mich zu entspannen. Doch irgendwann wird Lenny unruhig und mir fällt ein, dass ich ja noch ein paar Mitbewohner zu füttern habe, und verabschiede mich von ihnen.

»Ich muss mich verabschieden. Odin und Thor haben Hunger und wer will die beiden schon verärgern. Morgen soll das Wetter zum Glück wieder perfekt sein. Alex, an deiner Stelle würde ich einen Ausflug zu den Seehundbänken machen. Ich habe von Lars gehört, dass sich dort in diesen Tagen ungewöhnlich viele von ihnen aufhalten und die Touristen erfreuen. Außerdem, wenn du noch nie auf der Insel warst, schau dir den Leuchtturm an. Ich finde, wenn du hier auf Amrum bist, solltest du dir auch ein paar Sehenswürdigkeiten ansehen. Es ist schön hier. Auch wenn ich ehrlich bin, dass es mich von hier weggetrieben hat. Aber die Gründe sind andere, die hatten nichts mit der Schönheit der Insel zu tun.«

»Mache ich und wo sagtet ihr, ist dieses Café, wo es diesen Kuchen gibt?«

»In Nebel, du kannst es nicht verfehlen. Grüß Meike von mir.«

»Danke für den Tipp.« Mit diesen Worten mache ich mich auf den Weg zu meiner Kate. Ich höre noch, wie Leon zu Alex sagt, dass er sich noch ein Glas Wein einschenken möchte und sich später einfach von einem Taxi abholen lassen soll. Lenny und ich genießen noch die kühle Abendluft und den herrlichen Sommerabend. Das Meer ist auf dem Weg zurück und in der Luft herrscht noch reges Treiben. Vögel suchen im

Watt nach Würmern und auch die Jugendlichen aus der Jugendherberge sind am Strand unterwegs und sammeln Holz für ein Feuer. Es wird ein schöner Abend. Die Musik ertönt bereits aus einer Jukebox und sie ist nicht schlecht. Nachdem ich die Tiere gefüttert habe, gehe ich zurück ins Haus und setze mich auf die Terrasse, doch der Ruf des Meeres zieht mich an diesem schönen Abend magisch an. Dazu die Musik der Jugendlichen, die zu mir herüberschallt. Lenny, der bereits in seinem Körbchen schläft und nur müde den Kopf hebt und mit dem Schwanz wedelt, als ich nach ihm sehe, lasse ich liegen und gehe mit zwei Flaschen Pils, denn ja, zu einem guten Abend am Meer gehört ein herbes Pils, Richtung Strand. Wie an einer unsichtbaren Schnur gezogen, laufe ich zum Strandkorb, der zu Leons Kate gehört, und setze mich hinein. Ich öffne ein Bier, lausche der Musik und den Wellen, die sich am Strand brechen, beobachte den Sonnenuntergang und genieße den Abend.

STRANDKORB SIEBEN

Hach, wie schön, dass Leevke zu mir kommt und mit mir die Weite des Meeres und den Sonnenuntergang betrachtet. Das wird eine wunderschöne Sommernacht. Eine, wie es sie hier auf Amrum nicht oft gibt. Jetzt fehlt nur noch Leon. Ich lächle und werfe einen Blick auf den Weg, der zur Kate führt. Vielleicht spürt auch er, dass diese Nacht etwas Besonderes ist.

LEON KASER

Tatsächlich blieb Alex sitzen, nachdem Leevke gegangen war, und wir unterhielten uns lange. In diesen zwei Stunden habe ich mehr über ihn erfahren als in den fünf Jahren, in denen er für mich arbeitet. Alex ist Single und nicht auf der Suche nach einer Partnerin. Nach einem weiteren Schluck Wein verrät er mir, dass er in der Vergangenheit sehr enttäuscht wurde und seither eher auf lockere Beziehungen oder Liebschaften steht. Ich muss schmunzeln, so viel anders war es bei mir bisher auch nicht. Der Unterschied ist, dass ich die Erfahrung der Enttäuschung nicht gemacht habe.

»Sie ist nett und passt zu dir.« Ich weiß nicht, ob ihn diese Worte selbst erschreckt haben, denn er nimmt sofort einen weiteren Schluck Wein.

»Ich sollte jetzt wirklich gehen. Brauchst du mich morgen?«

»Nein. Du kannst dir gerne die Insel ansehen. Ich ... ich

mag sie auch und hoffe, dass sie vielleicht mit mir zum Supermarkt geht und ... und den Tag verbringt.« Alex nickt.

»Ich habe ein Fahrrad im Schuppen gesehen, das werde ich mir ausleihen. Ich bin nicht so betrunken, dass ich nicht Fahrrad fahren könnte. Ins Auto setze ich mich aber nicht. Bis bald, Leon und ... Ich mag sie wirklich, sie ist anders als die Ladys, die sonst immer an deiner Seite waren. Du solltest sie aber auch anders behandeln. Ich glaube nicht, dass es bei ihr gut ankommt, wenn du ... ich rede zu viel.«

»Wenn ich?«

»Wenn du dein Motto durchziehst, eine Nacht, das war es. In dem Fall solltest du lieber die Finger von ihr lassen.« Mit diesen Worten geht er. Ich bleibe noch sitzen und genieße den warmen Wind. Es ist ein schöner Sommerabend. Auch wenn ich nichts sehe, spüre ich es. Es liegt kein Regengeruch in der Luft. Der Wetterdienst muss sich heute Morgen geirrt haben. Alex war direkt. Er taut auf, das mag ich. Auch ihn habe ich in all den Jahren nie als Freund empfunden. Er war zuverlässig, diskret und pünktlich. Das waren die Eigenschaften, die ich von ihm wollte, und er hat sie geliefert. Aber jetzt ... hier ... nach den zwei, drei Gläsern Wein ... er ist intelligent, belesen und sehr interessiert am Weltgeschehen. Man kann sich mit ihm verdammt gut unterhalten und auch diskutieren. Da ich ohnehin nicht viel sehe und es letztlich egal ist, ob es hell oder dunkel ist, nehme ich den Stock und gehe den Weg zum Strandkorb entlang. Dem Gelächter und der Musik nach zu urteilen, feiern die Jugendlichen gerade eine kleine Party. Warum also nicht im Strandkorb sitzen und zuhören? Ich bin im Urlaub. Als ich dort ankomme, staune ich nicht schlecht, denn Leevke sitzt bereits dort. Sie muss mich gehört haben und sagt lachend: »Selber Gedanke? Der Abend ist ein Traum. Du hast dir eine tolle

Zeit ausgesucht, um hierherzukommen. Die ersten Tage mit so viel Sonnenschein zu erleben, ist wunderschön. Setz dich doch, oder soll ich gehen?« Ich lege den Kopf schief und sehe hoffentlich in ihre Richtung. Lasse mich in den Strandkorb fallen und habe Sekunden später eine Flasche Bier in der Hand.

»Das gehört zu so einem Abend. Hältst du das noch aus? Und kannst du den Sonnenuntergang noch erahnen? Oder sehen?«

»Eigentlich nicht. Beschreibe ihn mir.«

»Heute ist es ein Schauspiel. Und leider kündigt so ein Abend oft einen Wetterumschwung an. Der Himmel ist hell erleuchtet, feurig könnte man sagen, aber an den Rändern violett und bald, in den nächsten Minuten, wenn die Sonne untergeht, wird das Farbenspiel noch prächtiger. Das Meer ist tiefschwarz oder blau und der Kontrast zum bunten Himmel ist Wahnsinn. Wenn die Sonne untergegangen ist, im Norden etwas später als im Süden, ist der Himmel mit unzähligen Sternen übersät. Keine Wolke wird am Himmel zu sehen sein und die Sterne werden sich im Meer spiegeln. Alles glitzert und ist doch in Bewegung. Die Schulklasse, die vorhin fleißig angespültes Holz gesammelt hat, hat bereits ein Feuer entfacht. Sie sind gerade dabei, aus den Strandkörben eine Burg zu bauen, also einen Kreis um das Feuer. Ich persönlich freue mich, dass sie ausnahmsweise mal gute Musik spielen lassen. Die hat mich auch an den Strand gelockt. Nicht dieses Techno-Zeug, sondern Musik, die in meinen Ohren auch nach Musik klingt.« Ich muss schmunzeln.

»Wo du recht hast. Leevke?«

»Hm.« Ohne zu fragen, küsse ich sie und der Kuss wird rasch intensiver und leidenschaftlicher. Trotzdem, oder vielleicht gerade deshalb, kommen mir die Worte von Alex in den

Sinn. Sie ist anders. Und er hat recht. Langsam löse ich mich von ihr.

»Ich würde so gerne dein Gesicht sehen. Das Funkeln in deinen Augen oder den Ausdruck darin.« Sie nimmt einfach ihre Hand und hält sie an ihr Herz. Ich spüre, wie es unter ihrer Hand pocht. Sie ist aufgeregt. Dann nimmt sie meine andere Hand und führt sie an ihren Bauch.

»Fühlst du die Schmetterlinge?« Ich muss lachen und dann kann ich nicht anders, als sie wieder zu küssen. Zu spüren, wie ihr Atem schneller wird, wie ihr Herz schlägt, wie ihr Puls sich beschleunigt, zu vernehmen, wie sie seufzt und ... In der Nähe ist Gelächter zu hören.

»Wir wollen nicht stören, aber wollt ihr euch zu uns ans Feuer setzen? Dort ist es wärmer.« Eine zweite Stimme meint: »Ich glaube, den beiden ist auch so warm.« Was Leevke ein herzhaftes Lachen entlockt.

»Gerne. Wenn ihr noch einen Strandkorb freihabt, oder Leon?« Ich stehe auf und reiche ihr die Hand, die sie ergreift. Nehme den Stock und wir gehen zu der Strandkorbburg. Setzen uns in einen freien Korb und lauschen den Gesprächen um uns herum und der Musik. Alles ist so ... verrückt oder auch kitschig oder einfach anders. Ich wünsche mir, dass dieser Abend nie zu Ende geht. Ich muss laut gesprochen haben, denn Leevke lehnt sich an mich. Aber irgendwann ist er doch zu Ende. Das Feuer geht aus und die Jugendlichen verlassen die Strandkorbburg. Nur der Wind und das Rauschen des Wassers sind noch zu hören. Es ist wunderschön und keiner will den Abend beenden, aber ... Leevke wird unruhig.

»Es ist fast Mitternacht, Leon, ich gehe noch mit dir zurück.« Wenn ich ein ganzer Kerl wäre, würde ich sagen, das muss nicht sein, aber ich bin kein ganzer Kerl mehr und muss diese Hilfe annehmen.

»Danke.« Langsam gehen wir zu meiner Kate zurück. Für mich macht es keinen großen Unterschied zu vorher und das stimmt nicht ganz. Das bisschen Licht, das ich noch habe, hilft mir beim Gehen ungemein, wie ich gerade merke. Als wir die Terrasse erreichen, fragt mich Leevke: »Kommst du von hier aus zurecht?« Unvermittelt sprudelt es aus mir heraus, ohne dass ich ihre Frage beantworte.

»Ich will den Abend noch nicht beenden.« Ich weiß nicht, warum ich diese Worte sage, aber es stimmt. Ich will ... verdammt, ich will einfach mehr. Ich will, dass ihre Schmetterlinge fliegen, ich will ihre Seufzer hören und ich will sie küssen. Mehr noch, ich will, dass sie morgen früh in meinen Armen aufwacht.

LEEVKE BOGER

Es klingelt an der Tür, aber es ist nicht der Klingelton, den ich kenne. Er ... ich schnuppere und dann ... Leon! Ich habe die Nacht bei ihm, nein mit ihm verbracht. Ich ...

»Moin.« Langsam drehe ich mein Gesicht in seine Richtung und blicke in seine offenen Augen, die so wenig sehen. Aber heute Nacht war von seiner Beeinträchtigung nichts zu erkennen oder zu spüren. Wir haben das Licht ausgeschaltet und uns im Dunkeln geliebt. Gleiches Recht für beide könnte man sagen, und es war ... ihn im Licht der Sterne zu lieben ... es war ... magisch. Diese Sekunden der Stille werden erneut durch das Klingeln der Türglocke unterbrochen.

»Erwartest du jemanden?«

»Nein.«

»Alex vielleicht?«

»Er hätte zuerst angerufen, natürlich wird er das Auto abholen, das er stehen gelassen hat, aber ... na ja, er könnte es sein.« Erneut klingelt es und ich stehe auf. Leon folgt mir, zieht seine Boxershorts und sein T-Shirt an, das er sorgfältig auf dem Stuhl neben dem Bett abgelegt hat, um es mit einem Griff wiederzufinden. Nicht so meine Klamotten, die etwas verstreut im Zimmer liegen. Trotzdem bin ich rasch fertig und frage Leon, ob ich zur Tür gehen soll. Schließlich bin ich hier nur Gast.

»Ja bitte, schau mal, wer dieser Quälgeist ist.«

»Andersrum.«

»Was?«

»Deine Socken, du musst sie umdrehen.« Ohne seine Antwort abzuwarten, verlasse ich das Zimmer und gehe zur Tür. Eine Frau steht davor, jung und ...

»Wer sind Sie? Wo ist Leon?« Bevor ich ein Wort sagen kann, stürmt die Frau an mir vorbei auf Leon zu, der gerade die Treppe herunterkommt. Ich kann nur zuhören. Diese Frau, mir kommt in den Sinn, dass wir auch ihr Bild abgespeichert haben. Mabel. Ich glaube, sie hieß Mabel. Ob diese Frau eine Freundin von ihm ist? Ich hätte ihm einen anderen Geschmack zugetraut, aber was weiß ich schon von ihm. Ich kenne ihn nicht wirklich. Aber ihre schrille Stimme ist ... schrecklich.

»Leon! Mein Gott Leon, warum hast du nichts gesagt? Wir helfen dir doch! Komm, mein Lieber, ich helfe dir. Wie nur ...« Sie dreht sich zu mir um.

»Jetzt gehen Sie schon aus dem Weg und haben Sie bereits Kaffee aufgesetzt? Ich frühstücke mit.« Sie wendet sich wieder Leon zu, nimmt seinen Arm, was er, wie ich in der kurzen Zeit, in der ich ihn kenne, schon weiß, hasst, und führt ihn langsam und mit vielen Bemerkungen, als wäre er ein gebrechlicher alter Mann, in die Küche. Leon lässt alles über sich ergehen. Ich meine, Überraschung in seinem Gesicht zu sehen, aber auch, dass er in diesem

Moment nicht weiß, wie ihm geschieht. Mir geht es genauso.

»Setz dich, Leon, genau hier. Dass du auch keinen bequemeren Stuhl bestellt hast. Ich hole dir noch ein Kissen und ...« Und wieder dreht sich die Frau, also Mabel, zu mir um.

»Was stehen Sie denn so blöd herum? Hören Sie schlecht? Kaffee, Frühstück pronto!«

»Mabel, es reicht.« Ah, da hat sich jemand wieder im Griff. »Was bitte willst du hier?«

»Was ich hier will? Nach dir sehen, natürlich! Wir mussten von Gregory erfahren, dass du ...« Ihre Stimme versagt und ich muss beinahe lachen. Sie tupft sich ein paar Tränen aus den Augen, die sie sicher gekonnt herausgepresst hat. Es sieht so aus, als wolle sie eine weitere Stufe ihres schauspielerischen Könnens abspulen. Dumm nur, dass sie vergessen hat, dass Leon sie gar nicht sieht, und sie dieses Schauspiel nur für mich aufführt.

»Dass ich was?«

»Dass du ... o mein Gott Leon, es tut mir so leid. Uns allen! Dein Vater, er ist außer sich vor Gram. Er gibt sich die Schuld! Verstehst du? Aber ... Leon, wir werden dich unterstützen und dir beistehen. Dich versorgen, du bist nicht allein mit ... damit.« Ich kann nur den Kopf schütteln und muss sagen: »Sie dürfen es ruhig sagen. Leon hat eine Sehbehinderung.«

»Was erlauben Sie sich. Wer sind Sie eigentlich?« Ihr Tonfall ist jetzt vollkommen anders. Sie spricht über Leons Kopf hinweg, als wäre er nicht da, als könnte er nicht hören, was sie sagt, als wäre er nicht sehbehindert, sondern taub und zudem geistig zurückgeblieben.

»Ich heiße Leevke und wohne nebenan.«

»Und was machen Sie bitte hier so früh am Morgen? Hier

gibt es nichts zu holen! Sie glauben wohl, Sie können einen hilflosen Mann bezirzen und …«

»Genug! Mabel, sei sofort still. Was erlaubst du dir, meinen Gast so zu behandeln!« Leon steht auf.

»Deinen Gast? Leon Liebling, bleib sitzen, ich regle das. Mir ist klar, dass du die Tragweite dessen, was mit dir geschieht, gar nicht begreifen kannst, aber sie werden sich wie die Geier auf dich stürzen und …«

»Es reicht, habe ich gesagt! Ich bin oder werde blind, aber nicht plötzlich geistig behindert, und ich frage dich noch einmal, was willst du hier, Mabel?«

»Das, was ich gesagt habe und was mir auch bitter nötig erscheint. Ein reicher, behinderter Mann. Mir war sofort klar, wenn die Frauen das mitbekommen, werden sie sich alle auf dich stürzen und …« Sie dreht sich wieder in meine Richtung.

»Sie können jetzt gehen. Ich bin jetzt hier, um mich um Leon zu kümmern. Machen Sie sich keine Hoffnungen auf mehr. Denn … Sie gehören nicht in seine Kategorie.« Ehrlich gesagt weiß ich im Moment nicht, was ich sagen soll. Aber Leon geht es irgendwie ähnlich, denn vor lauter Schock über das, was sie sagt und wie sie sich verhält, verschlägt es auch ihm die Sprache. Ihm fehlen die Worte. Irgendwie kann ich das sogar verstehen, so wie sich diese Frau verhält.

»Ich gehe dann mal, Odin und Thor sollten ihr Frühstück erhalten und Lenny will sicherlich raus.«

»Ja, Sie haben bestimmt viel zu tun. Sie müssen die nächsten Tage auch nicht nach ihm sehen, ich bin ja jetzt da.« Noch einmal versucht Leon zu rebellieren.

»Mabel, ich sagte, es reicht!« Doch sie kümmert sich nicht um seinen Einwand. Tut so, als hätte sie ihn nicht gehört. Ich frage mich wirklich, was das soll.

»Leon, deine Brille liegt links von dir und dein Laptop auf

dem Tisch rechts. Wenn du etwas brauchst, meine Nummer hast du ja und Alex ...«

»Er hat mich jetzt. Sie können gehen.« Ohne ein weiteres Wort gehe ich auch. Leon sieht völlig fertig aus, aber ich ... er muss erst mit dieser Frau klären, was sie hier zu suchen hat. Sie scheint nicht seine Freundin zu sein, denn sie sprach von Familie und von seinem Vater. Sie hat Geld. Ihre Kleidung sieht teuer aus und ich bin nicht so vom Lande, dass ich eine Hermes-Tasche nicht erkennen würde. Schnell laufe ich über den Strand und den Bohlenweg zurück zum Haus und lasse Lenny raus. Gehe die Tiere füttern und hole die Eier aus dem Hühnerstall. Bereite mir ein frisches, nahrhaftes Omelett zu und lasse beim Essen die vergangenen Stunden, vor allem die Nacht, Revue passieren. Unwillkürlich muss ich lächeln. Leon ist ... unglaublich. Und diese Frau, Mabel, noch unglaublicher, aber im entgegengesetzten Sinne. Alex, der mir gestern für alle Fälle seine Handynummer gegeben hat, wird wissen, wer sie ist. Soll ich neugierig sein? Eigentlich würde ich es sehr gerne wissen. Also schreibe ich ihm eine Nachricht.

»Moin Alex. Du Alex, sag mal, wer ist Mabel?« Unvermittelt kommt eine Antwort.

»Wieso?«

»Sie hat heute Morgen bei Leon geklingelt und ist jetzt hier. Für IHN.« Die letzten Worte schreibe ich in Großbuchstben. Alex wird das verstehen und auch, dass ich bei ihm übernachtet habe, woher sollte ich sonst um diese Zeit wissen, dass er Besuch hat. Mein Handy klingelt.

»Moin.«

»Moin Leevke. Sie ist wirklich da?«

»Ja.« Er stöhnt.

»Mabel ist die Halbschwester von Leon. Die Tochter der Affäre seines Vaters. Ich muss dazu sagen, dass er diese Frau nach der Scheidung von Leons Mutter geheiratet hat. Die Familie, also Leons Großvater, der Vater seines Vaters, war mit dieser Heirat nie einverstanden. Niemals. Ich glaube, nach der Scheidung gab es ziemliche Spannungen zwischen den Familien und Leon hat eigentlich nur Kontakt zu Mabel und seinem Vater, wenn es unbedingt sein muss. Ich sollte mal nach ihm sehen. Denn sie ist …«

»Anstrengend?«

»Verwöhnt und anstrengend.« Aus seinen Worten schließe ich, dass Leons Vater also auch wohlhabend ist. Die Familie schwimmt sozusagen im Geld. Leise frage ich nach, mir ist bewusst, dass ich neugierig bin.

»Stammt Leon aus einer reichen Familie?«

»Ja und nein. Sein Großvater ist sehr reich. Aber sein Vater ist ein Lebemann, wie man so schön sagt. Leon wiederum hat sich alles, was er sein Eigen nennen kann, selbst erarbeitet. Aber es stimmt, sein Vater wird eines Tages reich erben und ob Leon auch etwas von seinem Großvater erben wird und ob später noch etwas von seinem Vater übrig bleibt, das kann ich nicht sagen. Noch ist der alte Kaser bei bester Gesundheit, sehr zum Leidwesen seines Sohnes. Leon steht seit jeher auf Kriegsfuß mit seinem Vater und … ich soll nicht tratschen.«

»Raus damit, du hast schon angefangen.«

»Man sagt, dass Leons Vater nach der Scheidung nichts mehr von ihm wissen wollte. Leons Mutter hat ihn wohl ziemlich gerupft, als er sich wegen Mabels Mutter von ihr getrennt hat. Leon war damals erst drei Jahre alt. Er hat es ihm wohl übel genommen, obwohl er nichts dafür konnte und das Einzige, was seine Mutter von ihm bekommen hat, in Anbetracht dessen, was sein Großvater besaß, waren Peanuts. Sein Großvater war Leon und seiner Mutter aber immer wohlgesinnt. Es fehlte ihm an nichts. Leons Vater hat das wahrscheinlich auch nicht gefallen. Leons Familie ist sozusagen alter Schweizer Geldadel, wie man so schön sagt. Aber Leon wollte etwas erreichen, und zwar ohne die Familie. Vermutlich hat er das Unternehmer-Gen von seinem Urgroßvater geerbt, der ein gewiefter Unternehmer gewesen sein soll. Ein Mann, der die Arbeit nie scheute. Mabel dagegen hat in ihrem Leben noch nie einen Handschlag tun müssen. Ihre Mutter brachte viel Geld mit in die neue Ehe. Deshalb lebte und lebt Leons Vater, auch wenn er wiederum von seinem Vater ziemlich kurz gehalten wurde, immer in Saus und Braus. Was Mabel, die sich mit Leon eigentlich nicht versteht, jetzt hier will, verwirrt mich. Ziemlich sogar. Sie und die Familie haben sich noch nie um ihn gekümmert. Ich muss sowieso das Auto holen und das Fahrrad zurückbringen, das ... Ich fahre jetzt einfach zu ihm und ... ja, ich glaube, das ist das Beste. Leevke?«

»Ja?«

»Lass dich von ihr nicht einschüchtern oder vertreiben. Leon war schon immer ein anderer Typ. Er ... ich wiederhole mich gerne. Du tust ihm gut.« Dann legt er auf.

In den nächsten Tagen bekomme ich Leon nicht mehr zu Gesicht. Ehrlich gesagt weiß ich auch nicht, wie ich mit der Situation umgehen soll. Es ist nicht so, dass ich ihn meide, im Gegenteil. Jeden Morgen und auch abends gehe ich mit Lenny zum Strandkorb, aber meistens ist er leer oder, und in diesem Fall drehe ich schnell um, sitzt er mit dieser Mabel darin. Er hat mir tausendmal geschrieben und sich entschuldigt, dass sie so unhöflich ist, und auch geschrieben, dass sie seine Halbschwester ist. Dass sie erfahren hat, dass er erblindet und dass sie ihm helfen will. Aber auch, dass er das alles nicht einschätzen kann und dass sie nervt. Das lässt mich lächeln. Ich habe Zeit, mich um die Willkommensparty zu kümmern. Heike, die davon weiß, rufe ich noch einmal an, um mich zu vergewissern, dass sie die Kuchen am Samstagmorgen liefert und auch vorbeikommt, sobald sie Zeit hat. Außerdem rufe ich Lars von der DLRG an, bei dem Leeve, wie eigentlich jeder Insulaner, Mitglied ist und hilft, wenn Not am Mann ist. Er und ein paar andere aus dem Team werden Bierbänke zu Leeves Grundstück schleppen und auch einen Würstchenstand aufbauen. Oles Vater wiederum kann aus dem Vollen schöpfen oder angeln, denn ich nehme ihm den Fang vom Freitag und Samstag ab. Fisch gehört auf den Grill, wenn im Norden gefeiert wird. Danach aber rufe ich meine beiden Schwestern an. Lentje meldet sich nicht gleich, schreibt mir aber ein paar Minuten später, dass sie in der Pause anrufen wird. Levka geht ans Telefon und sagt lachend als Erstes: »Wie läuft es mit Mister Unbekannt?«

»Hat Lentje schon geplaudert?«

»Dass du dich in den Mann aus Niemeyers Kate verknallt hast? Leevke, es wird dir doch nicht so gehen wie unserem Bruder, oder? Und bald läuten die Hochzeitsglocken?«

»Du mich auch.«

»Also raus mit der Sprache. Ich weiß von Lentje, dass er toll aussehen soll.«

»Du weißt das von Lentje?«

»Von wem denn sonst?« Ich lächle. Meine Zwillingsschwester hielt erst einmal den Mund.

»Er erblindet. Sieht wirklich toll aus und er ist – nett. Aber …«

»Ja?«

»Ich … du kommst doch am Freitag, oder?«

»Du lenkst ab.«

»Hm.«

»Natürlich komme ich. Wird er auch da sein?«

»Wenn er kommen darf, ja. Ich habe ihn eingeladen.«

»Wie soll ich das jetzt verstehen?«

»Kann ich dir selbst nicht so richtig sagen, Levka. Es war irgendwie alles perfekt und ... perfekt eben.«

»Aber?«

»Vor ein paar Tagen ist seine Halbschwester angereist und seitdem habe ich ihn nicht mehr gesehen. Sie behandelt ihn wie einen Schwachsinnigen und ich glaube, er ist im Moment selbst überfordert mit ihr und weiß nicht so recht, wie er mit ihrer Fürsorge umgehen soll. Sie ist ... nervig und anstrengend und wenn du mich fragst, ein reiches, berechnendes Biest. Aber es steht mir sicher nicht zu, nach diesen wenigen Tagen, die ich Leon kenne, über ihn, seine Familie oder sein Leben zu urteilen. Im Grunde kenne ich ihn nicht einmal.«

»Das glaube ich nicht.«

»Was jetzt?«

»Du bist ja wirklich in ihn verliebt. Machst dir Gedanken und Sorgen um ihn. Habt ihr schon?«

»Levka!«

»Ich bin deine Schwester! Also? Und um deine Frage zu beantworten: Ich werde pünktlich da sein, und wenn er nicht kommt, werde ich ihn holen. Ich will den Kerl kennenlernen, der meine Lieblingsschwester so durcheinanderbringt.«

»Ach, ich bin deine Lieblingsschwester? War das nicht Lentje letzte Woche?« Sie lacht und Levka lachen zu hören, erfreut mein Herz.

»Das war letzte Woche. Heute bist du es.« Ich lächle.

»Dann sehen wir uns Freitag?«

»Ich freue mich.«

»Ich mich auch, Schwesterherz.« Anschließend sitze ich auf der Terrasse und schaue mir das Wetter an. Wenn es heute nicht knallt, dann bestimmt morgen. Zum Glück sagt der Wetterbericht für Samstag wieder schönes Wetter voraus. Ich bin gespannt. Leon ruft mich abends an und fragt, ob ich noch zum Strandkorb komme. Er spricht leise.

»Sie ist gerade unter der Dusche.« Ich muss lächeln und mein Herz macht einen Satz, so wie die Schmetterlinge wieder fliegen.

»Du meinst, du willst flüchten?«

»Absolut. Sie klammert sich an mich und ich habe Sehnsucht nach dir. Kommst du mit?«

»Klar.« Tatsächlich gelingt es Leon, ihr zu entkommen. Wir treffen uns im Strandkorb und küssen uns bald wie zwei verliebte Teenager. Der Wind ist frisch und wie ich schon vor ein paar Tagen gesagt habe, schlägt das Wetter um.

»Morgen gibt es ein Gewitter. Am besten bleibst du bei Kate oder ihr lasst euch von Alex über die Insel fahren.«

»Sie hat was von Sushi essen gesagt.« Leon stöhnt bei seinen Worten.

»Gibt es. In Wittdün in einem der exklusiven Restaurants soll es tolles Sushi geben. Aber da war ich noch nie. Und bevor du oder Mabel denkt, dass ich mir das nicht leisten kann, das stimmt nicht.«

»Hey, nicht Leevke. Lass dich nicht von ihr ärgern. Ich werde wohl morgen dort zu Abend essen.« Wieder klingen seine Worte eher wie ein Stöhnen.

»Hey, es gibt Frauen, die würden sich freuen, von dir ausgeführt zu werden.«

»Deswegen stöhne ich auch nicht, es ist nur die Begleitung. Aber du könntest mitkommen! Das ist die Idee, Leevke. Du kommst mit. Warum ist mir das nicht gleich eingefallen! Bitte Leevke, unterstütze mich.«

»Willst du etwa sagen, dass du gegen deine kleine Schwester nicht ankommst?«

»Halbschwester und … sie ist … anstrengend.« Kaum hat er ausgesprochen, ertönt ihre durchdringende Stimme.

»Da bist du ja! Wie kannst du einfach weglaufen! Leon, das ist nicht lustig!« Ich zucke bei ihrem Tonfall und ihrer herablassenden Bemerkung zusammen.

»Sie schon wieder! Was erlauben Sie sich, meinen Bruder so …«

»Mabel, jetzt reicht's und verschwinde. Geh schlafen oder nimm dir ein Taxi in eines der Hotels in Wittdün oder sonst wo auf der Insel. Aber ich habe deine herablassende Art mir und vor allem Leevke gegenüber satt. Ich weiß nicht, was das soll oder was du dir dabei denkst, aber das ist so viel drüber, mehr geht gar nicht.«

»Das …«

»Du sollst gehen, ich will den Abend mit meiner Freundin verbringen, und zwar allein!«

»Ich werde deinen Vater anrufen und ihm sagen, dass … dass du nicht mehr zurechnungsfähig bist. Dass diese Krankheit dir …« Was sie noch alles von sich gibt, hören wir nicht mehr. Leon entspannt sich schnell, als sie weg ist.

»Ganz ehrlich?«

»Ja.«

»Sie ist …«

»Schrecklich, sag es einfach. Sie ist ein verwöhntes Kind, das irgendwie nie erwachsen geworden ist.«

»Ich weiß nicht, ich finde sie eigentlich eher …«

»Sag es nur.«

»Berechnend. Das, was sie mir vorwirft, sehe ich eher bei ihr. Ich hoffe, das war nicht zu direkt und du nimmst es mir nicht übel. Aber ich sage gerne, was ich denke.«

»Sie macht sich Sorgen um mich.«

»Hm. Lass uns über etwas anderes reden. Oder besser gar nicht.« Wir kuscheln uns eng aneinander in den Strandkorb. Eine Decke, die ich mitgebracht habe, liegt neben uns und Lenny, der mit uns gekommen ist, liegt zu unseren Füßen.

»So könnte es gerne öfter sein. Auch wenn es heute kühler ist.« Lange sitzen wir noch im Korb und unterhalten uns. Doch irgendwann löse ich mich von Leon und gehe mit ihm die paar Schritte zu seiner Hütte.

»Pass morgen auf dich auf. Das Wetter kann sehr schnell umschlagen und dann wird es ungemütlich. Bis morgen.«

»Schlaf gut, Leevke.«

STRANDKORB SIEBEN

Das waren ein paar schöne Stunden. Ich habe mir schon Sorgen gemacht, dass mein Zauber bei den beiden versagt hat. In den letzten Tagen war eine andere Frau mit Leon hier, und die war alles andere als nett. Sie hat an mir herumgemäkelt. Hat gesagt, ich sei alt und nicht luxuriös genug für sie. Das hat mich getroffen, das gebe ich zu. Ich bin doch nicht alt! Aber heute Abend kam Leevke wieder und sie haben nicht lange geredet, sondern viel geknutscht, was mich gefreut hat. Nur diese Mabel musste stören. Aber Leon, mein Besitzer auf Zeit, hat sie heute in ihre Schranken verwiesen und weggeschickt. Das war auch gut so. Ich bin gespannt, wie es mit den beiden weitergeht. Ach ja, ich werde mein Bestes geben, damit sich die Liebe zwischen den beiden festigt.

LEON KASER

Meine Halbschwester sorgt für Unruhe und einen Urlaub, wie ich ihn mir nicht vorgestellt habe. Was sie hier will, weiß ich noch nicht. In erster Linie vermute ich, dass sie sich wirklich Sorgen um mich macht. Aber nach ihrem Auftritt Leevke gegenüber bin ich mir da schnell nicht mehr so sicher. Zudem bringt sie alles in Unordnung. Ich finde nichts mehr. Bei Leevke war das von Anfang an kein Problem. Sie hat sich mir angepasst. Und ja, ich weiß, was sie gesagt hat, dass sie das nicht möchte. Sich für einen Mann verbiegen und doch habe ich nicht das Gefühl, dass Leevke das als Einschränkung empfindet. Aber Mabel ... ich halte das nicht mehr lange aus. Eigentlich wollte sie gestern Abend mit mir Sushi essen gehen. Doch als sie erfahren hat, dass ich Leevke dazu eingeladen habe, hat sie es sich kurzerhand anders überlegt und eine Migräne vorgeschoben. Leevke, die eigentlich gar nicht mitkommen wollte, blieb noch einige Stunden bei mir und wir machten es uns mit einer Flasche Wein auf der

Terrasse gemütlich und sahen dem aufkommenden Wind und, wie Leevke sagte, dem aufziehenden Gewitter zu. Als sie kurz bevor es loszugehen schien, nach Hause ging, legte auch ich mich schnell ins Bett. Mit einem Lächeln. Das Erwachen ist dafür umso ärgerlicher. Erst falle ich beim Betreten der Küche beinahe hin, danach finde ich weder mein Handy noch meine Brille. Zu allem Überfluss werfe ich Mabels Tasse mit heißem Kaffee aus Versehen auf den Boden. Daraufhin schlägt sie mir vor, dass ich zu ihr ziehen soll.

»Leon, Vater wird sich um deine Angelegenheiten kümmern. Du kannst das ja nicht mehr selbst tun.« Dieser Satz lässt mich zum ersten Mal richtig aufhorchen. Vater wird sich um meine Angelegenheiten kümmern! Auf meine Frage, was sie damit meint, sagt sie nur: »Ich habe keine Ahnung von Geschäften, Leon, aber du brauchst natürlich jemanden an deiner Seite, der dich davor bewahrt, übers Ohr gehauen zu werden.« Ich glaube, sie weiß gar nicht, wie gut man als Blinder zurechtkommt. Wie gut die Geräte heutzutage sind und dass ich ganz sicher nicht …

»Mabel, ich glaube, du solltest gehen. Ich komme sehr gut ohne dich aus und ich kann mich auch sehr gut selbst um meine Angelegenheiten kümmern, wie du es nennst. Ich bin nicht hilflos. Ich weiß nicht, was in deinem Kopf vorgeht, aber es gibt hervorragende Hilfsmittel, die mir ein selbstbestimmtes Leben ermöglichen.«

»Dass ich nicht lache. Du schaffst es ja nicht einmal ohne Probleme vom Schlafzimmer in die Küche, Leon. Ich bitte dich, wer ist vorhin gestolpert und hat die Tasse auf den Boden geworfen? Überall liegen noch Scherben herum.«

»Ich bin nur gestürzt, weil du deine Schuhe im Flur hast stehen lassen. Ich brauche eine gewisse Ordnung und die bringst du im Moment durcheinander oder hältst sie nicht ein. Außerdem habe ich Alex und …«

»Diese Frau! Du verstehst nicht, dass sie nur auf dein Geld aus ist!«

»Mabel, es reicht!«

»Nein, tut es nicht, Leon! Sie hat gesehen, wie hilflos du bist, und hat sicher schon Erkundigungen über dich eingezogen.«

»Es reicht. Ich will nichts mehr davon hören!«

»Gut. Du musst dich beruhigen und ich muss einkaufen gehen. Ich benötige einen Tag für mich und du hast gesagt, du kommst alleine klar. Ich bin dann mal weg.« Sie knallt die Tür zu. Ohne mir vorher mein Handy oder meine Brille zu geben. Ich könnte sie erwürgen. Vorsichtig versuche ich zu ertasten, wo was ist. Auf keinen Fall will ich etwas kaputt machen oder womöglich zu Boden werfen. Kurz bevor ich entnervt aufgeben will, um Alex anzurufen, klopft es an der Terrassentür.

»Ich bin es Leon.«

»Dich schickt der Himmel. Siehst du mein Handy? Und meine Brille? Mabel hat heute Morgen Frühstück gemacht und jetzt ist nichts mehr an seinem Platz.«

»Rechts von dir liegt dein Handy. Die Brille … warte, ich gebe sie dir. Und ich räume die Scherben auf.« So ist Leevke. Sie würde mich nie so bevormunden, wie Mabel es tut.

»Danke.«

»Wo ist sie?«

»Einkaufen. Ich brauche frische Luft, Leevke. Was meinst du, ob das Wetter hält? Das Gewitter kam immer noch nicht runter.«

»Stimmt leider, übermorgen kommen Leeve und Tanja wieder und ich hoffe, dass es schönes Wetter gibt.«

»Können wir also vielleicht noch eine Runde über die Insel fahren? Am liebsten zu Meike, ich verstehe jetzt, warum Frauen süchtig nach Schokolade werden, nach Süßigkeiten, wenn sie Stress haben. Ich war nie anfällig dafür, aber dieser Stress mit Mabel und das Wissen, dass Meikes Schwester diese leckeren Kuchen backt, ist eine Kombination, die wirklich ...«

»Süchtig macht?«

»Absolut.«

»In dem Fall lass uns dafür sorgen, dass deine heimlichen Gelüste gestillt werden.« Wir gehen den kurzen Weg zum Grundstück ihres Bruders. Nicht über den Strand, sondern die Straße entlang, und dort setze ich mich in ihr Auto und wir fahren los. Leevke hat eine so nette Art, mir zu beschreiben, was ich höre, und mir zu sagen, wo wir sind. Ich fühle mich in ihrer Gegenwart weder ausgeschlossen noch eingeschränkt, ich kann mir so viel vorstellen, wenn sie spricht. Sie bleibt auch ein paar Mal stehen und geht ein Stück mit mir. Auch wenn ich nichts sehe, erklärt sie mir, was vor mir ist. Jetzt gerade sind wir auf dem Friedhof im Nebel. Dort, erzählt sie mir, gibt es sprechende Grabsteine. Aber zuerst gehen wir in die Kirche. Nicht dass ich gläubig bin, aber so ein Gebäude hat eine gewisse Aura und die Kirche hier in Nebel, erzählt Leevke, ist sehr alt. Man riecht das Alter. Den Kerzenduft. Den Moder. Oder wie gesagt, einfach das Alter. Es ist eine beruhigende Atmosphäre zu spüren. Ich sitze einen Moment in einer der Reihen und lasse den Raum auf mich wirken. Lausche dem Gemurmel der Leute, die wie wir hier sind und sich umsehen. Nach ein paar Minuten gehen wir wieder hinaus und Leevke führt mich zu den besonderen Grabsteinen. Sie lässt mich sie berühren und ich fühle die Rillen oder Buchstaben, die ein Steinmetz vor vielen Jahren in den Stein gemeißelt hat.

»Was steht da? Kannst du das lesen?«

»Georg Hinrich Simons und Wehn Simons. Er hat 30 Jahre als Captain gefahren, 26 Jahre im Ruhestande und 54 ¼ Jahre glücklich mit seiner Frau gelebt. Mit der Brigg ‚Frau Margaretha' verunglückte Georg Hinrich Simons im April 1821 an der Ostküste Grönlands im Eis. In zwei Schaluppen ruderte er mit der gesamten Mannschaft circa 500 Kilometer von Grönland an die Nordküste Islands. Von dort gelangten sie zu Pferd nach Reykjavik und erreichten am 21. Juni 1821 per Schiff endlich wieder die Westküste Schleswigs. Georg Hinrichs gibt uns nur Folgendes mit auf den Weg: ‚An diesem stillen Grabe, an diesem Leichenstein, da lehne dich am Stabe, da sinkst auch du hinein! Da ruht das Herz ein wenig, doch kurzen Schlummer nur; es blüht einst auf und ewig lebt es auf Gottes Flur.'«

»Wow! Kannst du das wirklich lesen? Ich bin beeindruckt.« Ich lache bei meinen Worten.

»Nein, aber es gibt einen QR-Code. Es berührt mich jedes Mal, wenn ich hier bin und ich gebe zu, ich war schon lange nicht mehr hier. Es werden immer noch Grabsteine restauriert und hier aufgestellt und entschlüsselt. Meine Mutter ist hier begraben.« Ich richte mich auf. Wieder etwas, das so typisch für Leevke und gleichzeitig so persönlich ist.

»Wir haben zur Hochzeit von Leeve und Tanja Blumen auf ihr Grab gelegt, ich ... sie werden verwelkt sein. Ich wollte sie nur kurz wegräumen. Ich ...«

»Wo ist es?«

»Gleich hier hinten.« Leevke geht neben mir her und bald stehen wir vor dem Grab.

»Wie ich vermutet habe, sind die Blumen verwelkt. Ich bringe sie kurz weg. Also, die Blumen. Bin gleich wieder da.« Es raschelt und ich höre Schritte im Kies, die sich entfernen. Für ein paar Sekunden höre ich nur die Touristen, die in der Nähe vor den sprechenden Steinen stehen und einander die Geschichten vorlesen. Dann Schritte im Kies und bald wieder näher kommende. Leevke.

»Bin wieder da. Ich finde, wir sollten jetzt Kuchen essen gehen. Meine Mutter hat ihren Frieden vor langer Zeit gefunden, hoffe ich. Noch ein paar Jahre, dann bin ich älter, als sie auf der Welt war. Ich hoffe, dass ich länger leben darf, denn das Leben ist schön, auch wenn ich das lange Zeit nicht geglaubt habe.« Leise füge ich hinzu: »Das ist es. Und das hätte ich vor ein paar Wochen noch nicht gesagt. Danke.«

»Wofür?«

»Dafür, dass du mir noch einmal gezeigt hast, dass es sich zu leben lohnt. Einfach dadurch, dass du mir den Tod gezeigt hast. Und ich kann ihn nicht sehen, aber ich kann ihn spüren. Ein Friedhof hat diese Aura. Alle sprechen leiser, gedämpfter. Es wird nicht gerannt und … es ist erstaunlich, dass ich das schon so gut wahrnehme, das macht mir auch Mut. Leevke?«

»Ja?«

»Ich spüre keine Schmetterlinge im Bauch, aber in deiner Gegenwart habe ich ein Gefühl, das ich so noch nie hatte, und es ist noch schlimmer, wenn du nicht da bist. Dann fühle ich mich leer.«

»Das sagst du mir jetzt auf einem Friedhof, wo es sich wirklich nicht gehört, sich zu küssen?« Ich kann mir ein Lächeln nicht verkneifen.

»In dem Fall sollten wir so schnell wie möglich von hier verschwinden.«

»Das sehe ich auch so.« Im Auto angekommen lachen wir uns wieder an, zumindest hoffe ich, dass ich Leevke dabei ins Gesicht sehen kann. Sie streichelt mir über die Wange und gibt mir einen zarten Kuss. Danach startet sie den Wagen und fährt los. Direkt zu Meike ins Café und dort ist die Hölle los.

»Wow, dem Lärm nach zu urteilen, ist viel los.«

»Stimmt. Bei dem Wetter liegt man weniger am Strand, sondern die Touristen machen Ausflüge und kehren dann in die Cafés ein. Dass Meike einen guten Kuchen hat, hat sich schnell herumgesprochen.«

»Hey, was für eine Überraschung. Ich habe euch die letzten Tage vermisst. War der Kuchen, den ihr mitgenommen habt, nicht gut?«

»Natürlich war er das. Deswegen sind wir ja wieder hier. Leevke sagt, dass es hier sehr voll ist.«

»Ja, aber … wenn ihr ein paar Minuten Zeit habt, ich habe gerade an einem Tisch kassiert, dann könnt ihr euch dort hinsetzen.« Sie eilt den Schritten hinterher und ich höre sie wieder gehen.

»Arbeitet sie hier alleine?«

»Nein, sie hat Hilfe. Das würde sie nicht schaffen. An Tagen wie heute ist es hier wirklich unglaublich voll. Ich helfe dir durch die Stuhlreihen. Es ist gerade etwas frei geworden.« Als wir uns gesetzt haben, ist Meike auch schon wieder da. Bevor ich bestellen will, kommt mir Leevke zuvor.

»Heute, Meike, lade ich Leon ein und möchte ihm eine Spezialität der Insel vorstellen. Du weißt schon, was ich meine.« Sie lacht und meint: »Na dann …« Fragend sehe ich in Leevkes Richtung.

»Warte noch zwei Minuten. Du wirst es mögen, versprochen.« Wenig später höre ich erneut Meikes Schritte, die ich nach dieser kurzen Zeit am Klang und am Schrittmuster erkenne.«

»Bitte sehr. Eine tote Tante mit einer echten Friesentorte. Das ist sozusagen deine Inseltaufe.«

»Eine was?« Sie kichert und auch Leevke grinst.

»Eine tote Tante. Das ist das Getränk von Amrum. Lass es dir schmecken.«

»Soll ich fragen, was das ist? Oder will ich das überhaupt wissen? Ich bin gerade ziemlich durcheinander. Erst waren wir auf dem Friedhof und jetzt gibt es tote Tante zu trinken?« Leevke kann ein Lachen nicht unterdrücken und da ist wieder dieses Ziehen in meinem Bauch und in meinem Herzen. Wie gerne würde ich sie sehen und wie gerne wäre ich jetzt, in diesem Moment, mit ihr alleine.

»Und?«

»Heiße Schokolade mit Rum und viel Sahne. Rühren verboten. Wenn richtiges Schietwetter ist, gibt es einen Pharisäer. Der ist mir als bekennender Kaffeeliebhaber noch lieber. Den trinken wir beim ... nächsten Mal.«

»Abgemacht.« In stiller Eintracht sitzen wir zusammen, essen genüsslich den Kuchen und trinken die tote Tante. Bei jedem Schluck muss ich, wenn ich ehrlich bin, schmunzeln. Dabei ist das Getränk gar nicht so einfach zu trinken. Die ganze Sahne ist oft an Stellen im Gesicht, wo sie nicht hingehört. Sehr zur Belustigung von Leevke, die mir ab und zu genau diese aus dem Gesicht küsst. Doch plötzlich kommt richtig Wind auf. Meike tritt zu uns.

»Ich glaube, es wird heute noch etwas ungemütlich. Ich hoffe, es stört euch nicht, aber ich muss die Sonnenschirme schließen.«

»Nein, natürlich nicht, wir fahren besser nach Hause. Ich

muss Odin und Thor in den Unterstand bringen, falls das Gewitter heute doch noch über die Insel fegt.«

»Das könnte passieren. Lars hat vorhin angerufen und gefragt, ob Pepper Spätschicht oder Frühschicht hat.«

»Pepper?«

»Mein Freund und hoffentlich, wenn er irgendwann den Mut findet, mich zu fragen, mein zukünftiger Mann. Aber er ist ein echter Friese und die haben es nicht so mit der Eile. Die sind eher von der Sorte ‚nichts überstürzen'.« Wieder muss ich schmunzeln. Leevke bezahlt und wir gehen zurück zum Auto.

»Du solltest die Wolken sehen, ein wunderschönes Naturschauspiel. Sie sind schwer und ganz schwarz, dort, wo der Regen fallen wird, könnte es wie so oft fast zu viel sein. Trotzdem ist der Regen dringend nötig, auch wenn die Urlauber das nicht gerne hören und in ihren freien Tagen auf Sonnenschein und bestes Wetter hoffen.« Das Fahrzeug hält.

»Wir sind da. Mabel ... sie kommt gerade aus dem Haus.« Ich beuge mich in ihre Richtung und Leevke enttäuscht mich nicht. Küsst mich zärtlich.

»Bis morgen? Ich meine, den Pharisäer muss ich unbedingt auch kennenlernen.«

»Okay.« Kaum bin ich aus dem Auto gestiegen und Leevke weg ist, ist es Mabel, die spricht.

»Sie ist nicht gut für dich, Leon, du bist blind. Du siehst nicht, was ich sehe.«

»Was ist das denn?«

»Sie will nur an dein Geld und sich ein schönes Leben machen.«

»Selbst wenn das so wäre, Mabel. Das hätte dich nicht zu interessieren.«

»Aber ...« Ich gehe an ihr vorbei. Irgendwie ärgert es mich, dass ich das Gerät, das ich habe, nicht schon mit Alex und Leevke mit noch mehr Daten gefüttert habe. Es ärgert mich, dass ich im Kühlschrank nicht weiß, in welcher Flasche das kühle Bier ist. Ich verkneife mir, Mabel zu fragen. Ich hoffe einfach, dass ich richtig getippt habe, und setze mich nach draußen auf die Terrasse.

»Wollen wir noch an den Strand gehen?« Überrascht schaue ich Mabel an, die so beiläufig und fast freundlich spricht.

»Ich meine, das Spektakel, das sich einem hier bietet und das du leider nicht sehen kannst, ist, ich gebe es zu, atemberaubend. Auf Saint Barth gibt es so etwas wirklich nicht zu sehen.« Sie geht ins Haus, öffnet dem Geräusch nach auch den Kühlschrank und holt etwas heraus.

»Lass uns das Bier in diesem heruntergekommenen Strandkorb trinken.« Langsam und noch unsicher, was das soll, gehe ich mit ihr den Weg entlang. Soll ich das als eine Art Friedensangebot verstehen? Oder wie soll ich es interpretieren? Hat sie über den Tag nachgedacht? Schweigend sitzen wir wenig später im Strandkorb. Sie sagt nichts, ich versuche zu analysieren, was heute um mich herum passiert. Die Jugendlichen sind jedenfalls nicht mehr am Strand. Außer dem Wind ist nicht viel zu hören. Wie Leevke schon sagte, es ist richtiges Schietwetter. Um die Stimmung etwas aufzulockern, frage ich Mabel: »Hast du beim Einkaufen was Schönes gefunden?«

»Interessiert dich das überhaupt?« Innerlich zucke ich zusammen, lasse mir aber nichts anmerken. Man kann es ihr einfach nicht recht machen. Nach ein paar Minuten versuche ich das Gespräch erneut in Gang zu bringen.

»Wir waren bei Meike im Café und da gab es eine tote Tante zu trinken. Hast du schon mal so was Lustiges gehört?«

»Was ist das?«

»Heiße Schokolade mit Rum und verdammt viel Sahne.«

»Läuft bestimmt nicht so gut. Wer will sich schon mit so was Fettigem die Figur ruinieren.« Wieder gehen ihre Gedanken in eine Richtung, auf die ich nie kommen würde.

»Wie geht es deiner Mutter?«

»Keine Ahnung. Sie ist auf irgendeinem Schiff in der Karibik.« Das ist neu.

»Ohne Vater?«

»Er wollte nicht mitkommen, und im Grunde ist das auch gut so. Denn dir geht es schlecht, du brauchst unsere Hilfe.« Ich korrigiere sie nicht, ich will die relativ gute Stimmung im Moment nicht zerstören. Man könnte es auch Waffenstillstand nennen. Aber als wir das Bier ausgetrunken haben, steht sie auf.

»Lass uns zurückgehen, es könnte bald anfangen zu regnen.« Langsam, aber sicheren Schrittes gehe ich mit ihr zurück zum Haus. Und ich beschließe, erst einmal zu duschen.

LEEVKE BOGER

Was für ein toller Tag. Ich bekomme das Grinsen nicht mehr aus dem Gesicht und will gar nicht daran denken, was nächste Woche ist. Wenn ich wieder arbeiten muss. Zurück aufs Festland muss. Leon wird dann hier sein. Vielleicht. Aber ... ja, ich verdränge den Gedanken. Lasse mir die gute Laune, die ich gerade habe, nicht verderben. Da das Gewitter wohl tatsächlich heute Nacht über uns hereinbrechen wird, gehe ich noch kurz mit Lenny raus. Er rennt über die Dünen, als ginge es um sein Leben. Powert sich völlig aus. Es ist fast schon lustig, wie er immer wieder sein Bein hebt und sein Revier markiert, sich anschließend im Sand wälzt und schüttelt. Dieser Hund strahlt pure Lebensfreude aus. Da könnten sich viele Menschen eine Scheibe abschneiden. Nur, zugegeben, viele haben eben kein Hundeleben. Sie müssen hart dafür arbeiten, dass sie jeden Tag genug zu essen und zu trinken haben, ein Dach über dem Kopf haben und sich um ihre Lieblinge kümmern können. Da kann einem auch mal die Lust oder das Lachen vergehen. Odin und Thor stehen bereits im Unterstand. Für mich ein Zeichen, dass es wirklich bald losgeht. Tiere sind viel schlauer, wenn es um das Wetter geht. Gut, Lars und die Wetterfrösche können das auch, aber Tiere ohne Instrumente. Lars wird viel zu tun haben. Er hat Glück, dass gerade Ebbe ist und niemand am Strand sein wird. Sonnenbaden gibt es nicht und auch die Kitesurfer und Surfer sind nicht auf dem Wasser, denn wie gesagt, das Wasser ist fast weg. Gegen sieben oder acht wird es langsam wieder kommen, aber so wie es im Moment aussieht, wird bis dahin das Gewitter in vollem Gange oder wieder vorbei sein. Ich kann mich auch irren. Lenny kommt angerannt und ich lasse fast die Eier fallen, die ich gerade von Leeves Ladys aus dem Gehege geholt habe.

»Langsam Lenny. Ich weiß, du musstest heute lange alleine bleiben, aber ... jetzt bin ich ja da und streichle dich auch, wenn du brav bist.« Wir gehen ins Haus und ich gebe ihm etwas zu fressen und da ich Urlaub habe, genehmige ich mir ein Nickerchen im Gästezimmer. Bald schlafe ich auch bei offenem Fenster ein.

LEON KASER

Als ich erwache, ist es dunkel. Gut, das ist es für mich inzwischen immer, aber es ist wirklich dunkel. Zuerst bin ich etwas unsicher, ob es jetzt schon so spät ist, aber dann fasse ich mich und frage mein Handy wie spät es ist. Keine Antwort vom Handy, aber meine Uhr sagt mir, dass es kurz vor halb acht ist. Dass mein Handy aber schweigt, irritiert mich. Hatte ich es nicht zum Aufladen auf meinen Nachttisch gelegt? Ich taste danach, doch es liegt nicht dort. Obwohl ich am liebsten weiterschlafen würde, stehe ich auf. Und ziehe meine Pantoffeln an. Oberste Regel des Blindenbeauftragten: Nie ohne Schuhe herumlaufen, denn wenn etwas herunterfällt und man in die Scherben tritt, kann dies zu schlimmsten Verletzungen führen. Er hat recht, denn es ist schon einiges heruntergefallen. Zuerst gehe ich ins Bad und taste auf dem Regal, ob es dort liegt. Nichts. Danach gehe ich nach unten. Draußen hört man den aufkommenden Wind und in der Ferne ist auch Donner zu hören. Das

Gewitter scheint sich doch Zeit gelassen zu haben und kommt erst jetzt.

»Mabel?«

»Ja? Ich bin hier draußen auf der Terrasse. Brauchst du etwas?«

»Hast du mein Handy gesehen?«

»Nein. Nicht seit wir im Strandkorb waren. Du ... Leon, du hast es doch nicht dort liegen lassen, oder? Oder ist es dir aus der Tasche gefallen?«

»Das kann ich mir nicht vorstellen. Aber ... ich kann es lokalisieren, warte einen Moment.« Schnell gebe ich die entsprechenden Befehle in meine Uhr ein und lausche, ob ich im Haus ein Piepen höre. Kann es wirklich sein, dass ich es im Strandkorb liegen gelassen habe? Ich versuche, mich zu erinnern, aber es ist unmöglich.

»Würdest du kurz nachsehen? Oder regnet es schon?«

»Nein, es ist nur eklig windig, aber ich sehe gerne nach. Zeig mir mal, was deine App anzeigt.« Sie nimmt meinen Arm und schaut auf die Uhr.

»Hm.«

»Es ist auf jeden Fall draußen am Strand. Willst du nicht mitkommen?«

»Wird am besten sein.« Da der Blindenstock auf der Terrasse liegt, können wir auch gleich los. Gesagt, getan, wenig später sind wir draußen auf dem Weg zum Strandkorb. Der Wind ist heftig, die ersten Regentropfen sind zu spüren, es blitzt und donnert. Um es klar zu sagen: Das Gewitter ist da. Mist, wie konnte ich nur mein Handy verlieren. Auf dem Weg dorthin meine ich auch ein klägliches Fiepen zu hören, doch dann kracht es und ich kann das Geräusch nicht mehr orten, außerdem kommt mir der Weg viel zu lang vor, oder ist das wieder eine Sinnestäuschung?

»Ist es noch weit?«

»Nein, wir sind gleich da.« In diesem Moment beginnt es zu schütten. Wow.

»Verdammt Mabel lass uns umkehren. Das …«

»Wir sind gleich da.« Plötzlich spüre ich Wasser unter meinen Füßen. Warum ist da Wasser? Ist die Flut schon wieder da? Habe ich mich in allem so sehr getäuscht? Ehrlich gesagt bin ich verwirrt und fast froh, dass ich Mabel an der Schulter halten kann.

»Wir hätten in der Kate bleiben sollen.«

STRANDKORB SIEBEN

Diese Frau, die heute am frühen Abend mit Leon hier war. Ich mag sie nicht, sie ist ... falsch, und wenn ich mich nicht täusche, hat sie auch etwas Böses an sich. Aber was kann ich schon sagen? Sie hat mich eine billige Kopie eines echten Strandkorbes genannt. Wenn ich sprechen oder mich bewegen könnte, dann würde ich ihr schon meine Meinung kundtun, aber nein, ich schweige. Nur meine Magie werde ich bestimmt nicht über sie ausschütten. Sie sind vor einiger Zeit gegangen, aber jetzt kommen sie wieder den Weg entlang. Bei diesem Wetter! Ob sie mich vielleicht in den Unterstand bringen? Ich täusche mich, denn sie kommen nicht direkt auf mich zu, sondern gehen an mir vorbei und dann ... Was macht sie jetzt? Nein! Das ... hilflos und zum ersten Mal verfluche ich mich, nur ein Strandkorb zu sein, denn ich muss zusehen, warten auf das, was auf mich zukommt. Nein, was auf Leon zukommt.

LEON KASER

»Jetzt komm schon.«

»Mabel, sind wir hier richtig? Es ist nass unter meinen Füßen.«

»Das ist der Regen.« Ihre Stimme klingt … leise. Sie hat mich auch losgelassen. Der Wind wird immer stärker.

»Mabel, wir müssten längst am Strandkorb sein, und ehrlich gesagt ist es das Handy nicht wert, wenn mit uns etwas passiert. Ich kaufe mir einfach ein neues. Wo bist du, Mabel?«

»Ich suche gerade dein Handy.« Ein Donnergrollen ist zu hören und eine weitere Windböe, ein Blitz und für einen Moment ist alles hell. Ich erkenne zwar nichts, aber es ist unheimlich. In der Kate wäre es mir jetzt doch wohler. Blitze und Wasser unter den Füßen sind nicht gerade gesund.

»Mabel, lass uns hier verschwinden, es ist zu gefährlich. Mabel? Mabel! Verdammt, das ist nicht lustig, wo bist du? Mabel!« Noch bin ich ruhig. Lausche, ob ich ihre Schritte höre, ihren Atem.

»Was zum Teufel soll das? Das ist nicht lustig. Mabel, wenn du mir damit zeigen willst, dass ich dich brauche, ja danke, das hast du getan. Jetzt komm her und hilf mir zurück ins Haus.« Nichts. Stille. Was ist hier los? Die letzten Tage waren eine Aneinanderreihung von merkwürdigen Ereignissen. Dass sie hier ist. Dass sie mich über die Firma ausfragt, über Raphaele. Jetzt ist plötzlich mein Handy weg. Aber sie sagt, ich hätte es im Strandkorb vergessen, was eigentlich nicht sein kann. Auch mein Anruf bei Siri. Nichts. Dann ihre Frage: »Hast du es im Strandkorb vergessen?«

»Was? Nein, das glaube ich nicht.«

»Aber hattest du es vorhin noch?« Ich werde immer unruhiger. Dann sind wir zurück zum Strandkorb gelaufen. Ich hätte wetten können, dass wir an ihm vorbeigelaufen sind, und jetzt, da ich hier stehe ... bin ich mir sicher, dass wir an ihm vorbeigelaufen sind. Wieder ist Donnergrollen zu hören. Das ...

»Mabel! Wo bist du? Ist da jemand? Ist da jemand? Hallo! Hilfe! Kann mir jemand helfen, ich kann nicht gut sehen und weiß nicht, in welche Richtung es zum Strand geht?« Mir ist kalt, das ist nicht gut. Am besten bleibe ich erst einmal stehen. Doch dann spüre ich wieder das Wasser, es ist bereits knöcheltief. Was zum Teufel ... ich muss sofort Hilfe rufen. Ich nehme meine Uhr und sage: »Ruf Alex an.« Zum Glück geht er sofort ans Telefon.

»Leon?«

»Kannst du schnell kommen, hier stimmt was nicht? Mein Handy ist weg und Mabel sagt, ich hätte es im Strandkorb liegen lassen, aber ... sie ist nirgendwo und ich weiß nicht, wo ich bin. Ich spüre Wasser unter meinen Füßen und es steigt.«

»Leon, leg auf und ruf sofort Leevke an. Mabel hat mich beauftragt, dir etwas vom Festland zu holen. Ich ... verdammt, ich bin auf der Fähre. Ich hatte ja keine Ahnung, dass das alles ein Schwindel ist. Ruf Leevke an, Leon, schnell! Ich ... ich drehe so schnell ich kann um und rufe Lars an. Er ist der Leiter der DLRG, ich habe ihn vor ein paar Tagen in der Kneipe, im dat Kuchelhusen kennengelernt. Ich ... rufe Leevke an.« Er legt auf und ich nehme das Armband und rufe Leevke an. Es dauert eine Weile, bis sie abnimmt. Sie ist mir böse, das weiß ich. Aber irgendwie kann ich nichts dafür, was in den letzten Tagen in Form von Mabel an Mist über mich hereingebrochen ist. Klar, ich hätte sie gleich wegschicken sollen. Aber eigentlich fand ich es sogar ganz nett, dass sie sich Sorgen um mich gemacht hat. Schließlich bin ich ihr Halbbruder. Und so etwas kann auch zusammenschweißen oder eine Beziehung wieder aufleben lassen. Wobei wir als Geschwister nie wirklich eine hatten und sie deshalb auch nicht unbedingt aufleben lassen konnten. Vielleicht habe ich einfach das Gute in ihr gesucht. Dass sie nicht so ist, wie mein Vater. Aber was ich jetzt ganz klar sehe, ist, dass es nur um Geld geht, um mein Geld. Das Geld, das ich verdient habe und das ich durch den Verkauf der Firma bekommen habe. Ich frage mich wirklich, was hier los ist. Mabel hat doch genug Geld und mein Vater auch? Was ...

»Ja?«

»Leevke, leg nicht auf. Bitte, ich glaube, ich stehe mitten im Watt. Das Wasser kommt, denn ich habe bereits nasse Füße und ... Mabel hat mich ...«

»Du stehst im Watt! Wie zum Teufel bist du da hingekommen?« Wieder donnert es und ich erkenne Helligkeit und vermute einen Blitz. Ich verstehe nicht, was Leevke sagt.

»Leon? Was machst du bitte im Watt?«

»Lange Geschichte, Leevke bitte, kannst du mich suchen? Wir waren auf dem Weg zum Strandkorb. Aber jetzt bin ich mir sicher, dass wir einen anderen Weg genommen haben oder an ihm vorbeigegangen sind, aber ich habe schlicht keine Ahnung, wo ich bin. Ich bin vielleicht nur ein paar Meter vom Strand entfernt, aber ich ... ich weiß nicht, in welche Richtung ich gehen soll. Und ich habe mein Handy nicht bei mir. Und ...«

»Langsam, deine Uhr, die kann doch die Position ...« In diesem Moment wieder ein Donnerschlag und dann ein Knacken und Stille.

»Leevke? Leevke! Siri rufe Leevke.«

»Nur Notruf möglich.«

»Was? Kann es wirklich sein, dass der Akku leer ist? Wie ...« Notruf wäre nicht schlecht.

»Siri Notruf anrufen.«

»Notrufzentrale.«

»Hallo, mein Name ist Leon Kaser, ich bin blind und befinde mich irgendwo im Watt. Die Batterie meiner Uhr ist sehr schwach und mein Handy ist weg. Meine letzte Position war die Niemeyer-Kate auf Amrum. In der Nähe der Jugendherberge.«

»Was machen Sie denn im Watt? Egal. Bleiben Sie stehen, ich löse den Alarm aus. Bleiben Sie stehen. Sie gehen nirgends hin, einfach stehen bleiben.«

»Das geht nicht! Das Wasser reicht mir schon bis zu den Knien. Ich glaube, ich stehe in einem Bach oder Priel oder wie das heißt. Ich gehe ein paar Schritte ...«

»Bitte Herr Kaser. Bleiben Sie stehen.«

»Ich will nicht ertrinken und das Wasser steigt.«

»Bleiben Sie stehen! Ich werde Sie finden.« Plötzlich ist sie weg. Verdammt, die Batterie ist wirklich leer. Hoffentlich sendet die Uhr noch ein Notsignal. Ich werde Mabel ... Dafür werde ich diese verdammte Frau, die meine Halbschwester ist, hinter Gitter bringen, wenn sich das hier als das herausstellt, wonach es für mich im Moment aussieht. Obwohl ich stehen bleiben soll, gehe ich ein paar Schritte nach links und stolpere, falle ins kalte Wasser. Und meine Brille macht sich auf den Weg ins Meer.

Verdammt! Habe ich Panik? Ja, Gott verdammt!

LEEVKE BOGER

»Lars!«

»Leevke, was ist los? Du bist ja ganz aufgewühlt und aufgeregt. Ist etwas passiert?«

»Leon ... Leon ist im Watt. Frag mich jetzt nicht wieso und was er da macht, aber er ist da und das Wasser steigt. Kurz bevor die Verbindung abbrach, hat er gesagt, dass er das Wasser bereits über den Knöcheln spürt. Ich glaube nicht, dass er weit drinnen ist, aber er steht im Watt und das ist nicht gut. Er ... er ist fast blind, jetzt um diese Zeit und bei diesem Wetter wird er überhaupt nichts erkennen und vielleicht läuft er in die falsche Richtung ... Er ...«

»Was zum Teufel macht er ...«

»Ich weiß es wirklich nicht. Vielleicht hat er sich verlaufen. Keine Ahnung ... aber ... Lars, er ist in Gefahr!«

»Ich fahre sofort los und hole ein paar Jungs. Warte kurz, das Einsatzhandy klingelt.« Ich höre, was Lars sagt.

»Ja ... ja, wir wissen schon Bescheid und fahren sofort los. Ja ... ich melde mich.«

»Wer war das?«

»Die Notrufzentrale. Anscheinend hatte Leon noch genug Akku, um dort anzurufen. Er ist im Watt vor der Kate, zumindest waren dort die letzten Koordinaten. Außerdem hat ein Alex Winter angerufen und der Zentrale ebenfalls mitgeteilt, dass er im Watt ist. Ich fahre jetzt los. Kommst du zum Strand?«

»Bin schon unterwegs.« Draußen ist es stockdunkel, Wind und Regen erschweren die Sicht. Lars ruft laut durchs Telefon: »Leevke! Du gehst nicht allein ins Watt, hörst du? Das ist viel zu gefährlich. Es nützt uns allen nichts, wenn du vom Blitz getroffen wirst und in Not gerätst. Hörst du, Leevke? Morgen wollen wir alle zusammen die Heimkehr von Leeve und Tanja feiern. Wenn das Gewitter vorbei ist, wird es morgen schön. Wir werden Leon finden. Es ist nicht lustig, dass er bei diesem Gewitter da draußen ist, aber wir werden ihn finden.« An seiner Stimme höre ich, dass er schon losgelaufen ist und zwischendurch nach den Jungs ruft, um dann wieder mit mir zu reden.

»Hörst du, Leevke, keine Alleingänge!«

»Hm.« Ich renne längst den Weg zum Strand entlang. Lenny läuft neben mir, obwohl er laut Leeve eigentlich große Angst vor Gewittern hat. Leeve hat mich sogar extra darauf hingewiesen, dass er in diesem Fall eher unruhig ist. Trotzdem rennt er neben mir her. Am Strand angekommen, schaue ich angestrengt den Strand entlang und lasse meinen Blick über das Meer schweifen. Der Wind peitscht mir den Sand ins Gesicht. Ja, hier auf Amrum kann es auch stürmisch und ziemlich ungemütlich werden. Schietwetter. Normalerweise würde man jetzt in der Kate sitzen, gemütlich Tee oder Kaffee trinken und das Wetter Wetter sein lassen. Warten, bis das Gewitter vorbei ist. Obwohl es Hochsommer ist, friere ich.

Der Regen hat bereits mein T-Shirt durchnässt, aber das ist mir egal. Leon ist da draußen und ich denke auch nicht darüber nach, was er dort macht, wie er dort sein kann. Das Einzige, was jetzt zählt, ist, dass ich, dass wir ihn finden. Wir müssen ihn finden. Warum er da draußen ist, den Grund werde ich später erfahren. Lenny bellt. Aber weicht keinen Schritt von mir. Bleibt immer an meiner Seite. Wir kommen auf die Höhe von Niemeyers Kate. Ich schaue hinüber, dort brennt Licht. Also ist wenigstens noch jemand zu Hause, oder? Egal. Leon wird es nicht sein, wenn, dann Mabel, aber warum sucht sie nicht nach ihm? Etwas langsamer gehe ich weiter und stehe bald vor dem Strandkorb, in dem wir die letzten Tage so schöne Stunden verbracht haben. Wenn Leon von hier aus falsch gelaufen ist, dann muss ich auch von hier aus suchen. Ich kraule Lenny und rede vor mich hin.

»Wo kann er nur sein?« Wieder erhellt ein Blitz für einen Moment die Nacht. Und ich sehe, dass das Wasser fast wieder hochsteht. Eigentlich viel höher, denn die Wellen rauschen, vom Wind aufgepeitscht, an den Strand. Das Wasser ist unruhig. Es schäumt. Wenn er wirklich da draußen ist ... Ich zittere. Diesmal nicht vor Kälte, sondern vor Angst. Vor Angst um ihn. Ein Auto rast den Strand entlang. Lars und die Truppe sind da. Erleichterung, nicht mehr allein zu sein, durchströmt mich. Sie sind besser ausgerüstet und ... Ich habe keine Ahnung, wie lange ich bereits hier stehe, aber ich habe Leon nicht entdeckt. Ich kann noch so konzentriert aufs Meer starren und versuchen, etwas zu erkennen, wenn die Blitze die Nacht erhellen. Ich sehe nichts. Lars hält direkt vor mir an.

»Steig ein. Die letzte Ortung war etwas weiter rechts.« Kaum sitze ich, fährt Lars etwa hundert Meter weiter. Stoppt, sofort steigen die Jungs aus. Routiniert holen sie ihre Ausrüstung heraus und bereiten alles vor. Ich schaue ihnen zu und Lenny, der uns hinterhergelaufen ist, kommt wieder zu mir. Er bellt plötzlich und rennt erneut los.

»Lenny bleib hier! Lars, sieh mal nach Lenny, hat er uns gehört?« Wir rennen alle Lenny hinterher und tatsächlich bleibt er an einer Stelle stehen und bellt ins Meer hinaus. Allerdings rennt er nicht in die Wellen, die sind viel zu hoch. Lars, der uns mit dem Pick-up gefolgt ist, richtet den Hochleistungsscheinwerfer auf das Meer und lässt den Lichtstrahl langsam über das Meer wandern. Zum Glück sehen wir ihn rasch. Lenny sei Dank. Ich werde ihm ab jetzt immer das beste Futter kaufen, die besten Leckereien, was immer er mag, er wird es von mir bekommen. Wir erkennen deutlich, dass Leon in Not ist. Dass er bis zum Oberkörper im Wasser steht und die Wellen ihn immer wieder umwerfen. Aber dank Lenny haben wir ihn gefunden. Lars und zwei Jungs binden sich an einem langen Seil fest und waten oder schwimmen zu ihm hinaus. Am liebsten würde ich ihnen folgen, aber das wäre Blödsinn. Bald sind sie bei Leon. Erst jetzt lasse ich mich erleichtert auf den Boden gleiten und beginne unkontrolliert zu zittern. Einer der Jungs legt mir seinen oder einen Friesennerz über die Schulter. Ich kann gerade nicht sagen, wie dankbar ich ihm bin, ich zittere zu sehr. Nicht nur vor Kälte, sondern vor allem vor Erleichterung.

»Er wird gleich hier sein.« Als die drei endlich am Strand sind, stehe ich auf und renne auf Leon zu. Es ist mir egal, dass ich mich wie eine Idiotin benehme – irgendwie. Aber ich bin so froh, ihn da im Sand sitzen zu sehen. Er ist klatschnass. Das Verrückte ist, dass das Gewitter immer mehr nachlässt und so unglaublich es klingt, die Wolkendecke reißt auf und der Wind lässt nach. Ein typisches Sommergewitter. Laut, heftig und schnell wieder vorbei. Eigentlich nichts Besonderes, wenn man in der warmen Kate sitzt. Nur ... heute war es irgendwie dramatisch.

»Geht es dir gut? Geht es dir gut, Leon?« Er zieht mich an sich und ich spüre, dass er vor Kälte zittert, aber auch, dass ihn die Aufregung, die Angst noch fest im Griff hat. Er hält mich fest. Es ist Lars, der spricht.

»Ich schätze, du wirst ihm einen ordentlichen heißen Tee zubereiten müssen. Gib extra Rum in die Tasse, damit er auch von innen gewärmt wird, und gönne dir selbst eine große Tasse mit Schuss. Wenn nicht gegen die Kälte, dann, um die Nerven zu beruhigen.« Ich nicke nur, was er sicher nicht sehen kann.

»Ich werde den Bericht morgen schreiben, oder soll ich später vorbeikommen?« Leon hebt den Kopf. Schaut in die Richtung, aus der er Lars' Stimme vernommen hat. Lars redet weiter.

»Ich muss wissen, wie du ...«

»Ich habe mich verlaufen. Ich hatte mein Handy im Strandkorb liegen lassen und dachte, ich schaffe den Weg ohne Probleme, weil ich ihn in den letzten Tagen oft allein gegangen bin. Aber ... ich muss irgendwo falsch abgebogen sein.« Ich will etwas sagen, aber Leon drückt meine Hand und ich schweige. Dann wendet er sich mir zu.

»Kann ich mit zu dir kommen?«

»Klar. Lass uns gehen. Wir müssen beide aus den nassen Sachen raus und Lars hat recht, eine Tasse Tee mit Rum wäre nicht schlecht und vielleicht oder sicher auch eine heiße Dusche.« Wir steigen in Lars' Auto und er fährt zum Bohlensteg. Dort hält er an und fragt mich: »Könnt ihr zu Fuß gehen oder soll ich euch direkt zur Hütte fahren?«

»Das geht, ist ja nicht weit. Danke Lars. Das Bier morgen geht auf mich.«

»Geht das nicht sowieso?«

»Dann das von der nächsten Party.« Er lacht und sagt: »Alles klar, Leevke, geh dich mal warm duschen. Bis morgen.«

»Bis morgen.« Wir gehen langsam den Bohlenweg entlang zu Leeves Haus, als mir auffällt, dass Lenny fehlt.

»Shit.«

»Was ist los?«

»Lenny ist nicht mitgekommen. Er ... egal, er wird schon nach Hause finden, ich lasse die Terrassentür auf, bis wir im Bad fertig sind. Leon?«

»Hm.«

»Was ist passiert?«

»Mabel. Ich erzähle dir nachher alles, aber erst muss ich mich aufwärmen, mir ist echt kalt, und wir müssen kurz mit Alex telefonieren. Hast du seine Nummer? Denn meine Uhr ist bestimmt kaputt, auch wenn sie wasserdicht sein soll, kann ich mir das nicht so recht vorstellen. Falls doch, nehme ich alles zurück.«

»Klar.« Ich führe Leon erst einmal nach oben ins Badezimmer.

»Zieh dich schon mal aus und stell dich unter das warme Wasser. Ich rufe ihn an und hole dir ein paar Sachen von Leeve. Die sollten passen.« Schnell gehe ich in Leeves Zimmer. Ich hasse es, das zu tun, aber er wird mir nicht böse sein, also nehme ich ein Hemd und eine Boxershorts aus dem Schrank, finde auch noch eine Jogginghose und laufe mit dem Handy am Ohr zurück ins Bad.

Er nimmt den Hörer ab, bevor es überhaupt geklingelt hat. »Alex?«

»Leevke, geht es ihm gut?«

»Ja. Wir haben ihn gefunden. Er ist bei mir. Ich soll dir ausrichten, dass du morgen früh zu mir fahren sollst. Er ...

Alex, ich habe noch keine Ahnung, was los ist, aber dass es mit seiner Schwester Mabel zu tun hat, das habe ich verstanden. Und Alex, seine Geräte sind kaputt. Das Handy, die Uhr und dieses Wunderteil an der Brille und die Brille selber. Ich weiß nicht, ob du heute Abend schon irgendwo anrufen kannst, aber ich denke, du könntest ihm wenigstens ein Handy mitbringen.«

»Mache ich. Leevke, ich wiederhole mich, aber du tust ihm gut.« Als ich aufgelegt habe, klopfe ich an die Badezimmertür.

»Komm rein. Er schaut in meine Richtung und unter diesem Blick … hat es mich wirklich gefroren? Ich meine wirklich? Mir wird innerhalb von Sekunden heiß und die Schmetterlinge spielen verrückt.« Es dauert lange, bis wir im Bad fertig sind. Erst als der Boiler nur noch kaltes Wasser ausspuckt, steigen wir aus der Dusche und trocknen uns ab. Ziehen uns an und gehen Hand in Hand ins Wohnzimmer. Dort erwartet uns Lenny. Nass und schwanzwedelnd präsentiert er uns stolz sein Mitbringsel.

»Meine Güte Lenny, wo hast du denn den armen Kerl gefunden?« Ein klägliches Fiepen ertönt und Leon antwortet: »Das habe ich heute Abend schon einmal gehört. Als ich mit … als ich zum Strandkorb gegangen bin, aber …« Er sieht mich an.

»Mabel hat nicht aufgehört, und dann war da der Wind, der Donner, und danach hatte ich, wie du weißt, andere Sorgen.«

»Eigentlich wollte ich Tee aufsetzen und kochen, aber … ich muss mich erst um die beiden Gesellen hier kümmern. Lenny, wehe, du schüttelst dich hier. Leeve bringt mich um. Zuerst müssen wir dir deinen verhassten Hundebademantel überziehen, danach darfst du ins Körbchen. Aber das hast du gut gemacht, dass du den Kleinen mitgebracht hast. Danke auch, dass du Leon gefunden hast. Du bist mein Held, weißt du das? Trotzdem muss ich dir das Ding überziehen.« Ich rede mit ihm und Lenny sitzt da, als würde er mich verstehen. Seine Ohren sind gespitzt. Aber als ich mit dem Bademantel in der Hand auf ihn zukomme, duckt er sich und senkt den Blick. Ich muss lachen.

»Unsichtbar wirst du dadurch nicht Lenny, sorry.« Als er angezogen ist, läuft er direkt in sein Körbchen, wirft aber erst noch einen Blick auf das Bündel Minihund, das noch nass auf dem Boden sitzt und fiept.

»Geh ins Körbchen Lenny, ich kümmere mich um den Kleinen. Na, mein Kleiner, dir ist ja kalt und so wie du fiepst, hast du Angst. Na toll, gleich so viel Angst, dass du dich erleichtern musst. Das ist aber nicht die feine Art. Aber heute einmal verständlich. Komm mal her. Ich wickle dich erst mal in ein warmes Handtuch ein.« Spontan packe ich ihn und lege ihn Leon auf den Schoß.

»Was ...«

»Halten, streicheln, mit ihm reden. Ich muss hier kurz aufwischen und dann koche ich uns Tee. Außerdem muss ich mir überlegen, was ich dem kleinen Fellknäuel zu fressen gebe. Zudem hat mich die Aktion jetzt, wo sie gut ausgegangen ist, hungrig gemacht. Wie sieht es bei dir aus?«

»Wenn du mich so fragst. Das Abenteuer hat Spuren hinterlassen. Ich glaube, mein Magen hätte nichts gegen etwas feste Nahrung, dazu der versprochene Tee mit Rum ... also ich höre niemanden Nein sagen.«

»Dann werde ich mal meine Jungs alle versorgen. Gut, dass es auf diesem Hof auch ein paar fleißige Ladys gibt.«

»Deine Jungs?«

»Lenny, die Esel und dich. Ich nenne dich ungern mit den

Eseln in einem Satz, aber das sind nun mal männliche Wesen. Dazu kommt noch das kleine Fellknäuel ohne Namen, welches definitiv auch männlicher Natur ist und Lenny sehr ähnlich sieht. Ich frage mich tatsächlich, ob dieser Schlingel etwas mit dem kleinen Kerl zu tun hat.«

»Aha.«

»Und glaube nicht, dass ich nicht ganz genau wissen will, warum du da draußen im Watt warst und warum du Mabel nicht die Polizei auf den Hals gehetzt hast, denn so viel habe ich verstanden, sie hat dich allein gelassen. Aber das ... später.« Ich wende mich der Küche zu und setze Tee auf und bereite das Essen vor. Es ist diese Geschäftigkeit, die mich beruhigt. Wenn ich daran denke, was hätte passieren können, fange ich plötzlich wieder an zu zittern. Aber wenn meine Hände etwas zu tun haben, dann ... Ich plappere in einer Tour und ich glaube, Leon weiß, dass ich so meine Anspannung verarbeite. Er ist still. Wenn ich einen Blick auf ihn werfe, sitzt er nur da, das kleine Fellbündel hat sich auf seinem Schoß zusammengerollt und schläft. Er lässt sich streicheln und das scheint Leon wieder zu beruhigen. Nachdem der Tee durchgezogen ist, habe ich für uns alle Salat und Omelett gemacht. In der Küche riecht es jetzt nach einer Mischung aus Tee, Rum und Omelett. Eine interessante Mischung, aber Hauptsache, sie tut uns beiden gut. Und das tut es. Der Rum im Tee beruhigt und das Omelett im Magen auch. Leon isst, ohne ein Wort zu sagen, aber das muss er auch nicht. Wir Insulaner wissen die Stille zu deuten und zu genießen. Als wir beide fertig sind, stelle ich die Teller in den Geschirrspüler und gieße uns noch einmal Tee in die Tassen. Die Zeit des Schweigens ist nun sozusagen von meiner Seite aus beendet. Ich will wissen, was passiert ist, und Leon scheint das zum Glück genauso zu sehen. Ich muss ihn nicht zum Reden auffordern. Es ist interessant, dass er mich schon so gut kennt oder spürt. Dieses Etwas zwischen uns kann ich einfach nicht leugnen und er auch nicht. Es ist da, und wenn ich ehrlich bin, gefällt es mir. Es ist etwas Neues. Etwas, das ich so noch nie erlebt habe und ich frage mich, ob es das ist, was Leeve auch bei Tanja gespürt hat. Etwas, was er mir nicht mit Worten erklären konnte, was ich aber sofort gesehen habe, als ich die beiden zusammen gesehen habe.

»Ich kann dir noch nicht sagen, was das alles zu bedeuten hat. Dazu muss ich morgen früh zuerst meinen Großvater anrufen und anschließend meinen Anwalt. Du weißt ja, dass Mabel meine jüngere Halbschwester ist. Mein Vater kommt aus einer reichen Schweizer Familie. Er ist der einzige Sohn meines Großvaters, aber er ist nicht sehr geschäftstüchtig. Er ist verwöhnt, um es ganz klar zu sagen. Da er weiß, dass er später einmal ein riesiges Vermögen erben wird.«

»Du nicht auch?«

»Wer weiß, ob bis dahin überhaupt noch etwas übrig ist oder ob mein Vater mich beim Erbe berücksichtigt. Aber ich war nie so wie er, ich hatte immer den Ehrgeiz, es selbst zu etwas zu bringen. Ich wollte kein reicher Dandy werden. Als ich zwei Jahre alt war, hat sich mein Vater von meiner Mutter getrennt. Er hatte eine Affäre und diese Frau war damals mit Mabel schwanger. Meine Mutter war sehr gekränkt, wie man sich vorstellen kann, und hat bei der Scheidung viel Geld von meinem Vater verlangt. Ich muss dazu sagen, dass mein Großvater eher auf der Seite meiner Mutter stand und uns in all den Jahren immer wohlgesinnt war. Er hat meine Mutter auch finanziell unterstützt, da sie bei der Scheidung nur Geld von meinem Vater verlangen konnte und nicht von seinem zukünftigen Erbe. Aber das ist Geschichte, uns hat es nie an etwas gefehlt. Ich habe die besten Schulen besucht und auch den Geschäftssinn meines Urgroßvaters und Großvaters geerbt. Ich wollte nie etwas von dem Geld haben. Ich wollte selbst etwas aufbauen, und das ist mir gelungen. Mein Vater hingegen stand die ganzen Jahre auf Kriegsfuß mit Großvater. Ich glaube, Großvater hat ihn auch ziemlich kurz gehalten. Aber ich habe nie nachgefragt, da Vater mit seiner zweiten Frau eine gute Partie gemacht hat. Die Familie schwimmt im Geld. Eigentlich. Aber wie ich mir das jetzt ein bisschen zusammenreime, ist es so, dass Vater von Großvater kurz gehalten wird und vielleicht Probleme mit der Ehe hat und auch nicht unbedingt mehr Geld von seiner Frau erhält. Da scheint die Nachricht, dass ich meine Firma verkauft habe und blind werde, eine willkommene Gelegenheit gewesen zu sein. Denn ... das Geld scheint er gut gebrauchen zu können. Aber was Mabel damit zu tun hat, verstehe ich noch nicht. Bekommt sie auch kein Geld mehr, keine Unterstützung mehr von ihrer Mutter oder wird sie auch ein bisschen kurz gehalten? Ich weiß es wirklich noch nicht, aber ich kann es mir nur so erklären.«

»Und deswegen, wegen des Geldes, nehmen sie deinen Tod in Kauf?«

»Ich weiß es nicht. Tatsache ist, dass sie in den letzten Tagen alles getan hat, um mir zu zeigen, dass ich behindert bin und nicht alleine für mich sorgen kann. Ich bin hellhörig geworden, als sie von Vormundschaft gesprochen hat. Da bin ich, wie gesagt, unruhig geworden und habe die Betreuung mit anderen Augen gesehen. Das klingt jetzt ganz falsch, aber du weißt, was ich meine. Ich hatte vorhin Angst. Ich hatte wirklich Todesangst. Nichts mehr zu sehen und nicht zu wissen, wohin und dann ... das Wasser, die Blitze, das war schon ziemlich unheimlich.«

»Alex bringt dir ein neues Handy mit. Ich hoffe, es ist in

Ordnung und du zahlst es ihm zurück ... oder war ich zu voreilig?« Er greift nach meiner Hand.

»Leevke, ich bitte dich. Sollen wir ... ich meine, kann ich hier bei dir schlafen? Ich weiß, dass du morgen überhaupt keine Zeit für mich hast, weil ...«

»Leon?«

»Ja?«

»Halt die Klappe.« Ich stehe auf und wickle Lenny aus seinem Bademantel. Dann schicke ich ihn nach draußen, nehme den kleinen Hund von Leons Schoß und lasse ihn mit Lenny auf die Terrasse. Er rennt ihm hinterher und beide düngen noch einmal die Natur. Ich muss grinsen.

»Du lachst.«

»Ja. Es sieht witzig aus, wie der Kleine Lenny imitiert, wie man sich erleichtert.« Nacheinander kommen die beiden wieder herein. Lenny geht direkt in sein Körbchen und der Kleine folgt ihm. Legt sich zu ihm und ich ziehe Leon mit mir ins Gästezimmer. Wir lieben uns nicht in dieser Nacht. Aber wir liegen eng beieinander und lauschen auf unser beider Atem. Es hätte wirklich schiefgehen können, heute Nacht. Der Morgen kommt schneller als gedacht und da ich weiß, dass wir seit gestern einen neuen Bewohner haben, der vermutlich noch nicht so stubenrein ist, wie ich mir das vorstelle, gehe ich zuerst in die Küche und lasse die beiden raus. Leon zieht sich in der Zwischenzeit an und tastet sich langsam die Treppe hinunter. Als er in die Küche kommt, habe ich bereits Kaffee aus der Maschine laufen lassen und stelle die volle Tasse auf die Terrasse.

»Wann kommt denn dein Bruder mit seiner Frau?«

»Sie haben sich für heute Nachmittag angekündigt. Aber Lars wird demnächst mit den Jungs hier auftauchen und die Tische aufstellen. Heike wird den Kuchen bringen und ...«

»Ich störe.«

»Bestimmt nicht. Ich hole noch die Eier von den Hühnern und bereite uns ein Omelett zu. Das muss ich heute noch genießen. Lenny, du passt auf deinen kleinen Freund auf.« Der wiederum ist bereits bei Leon und will von ihm hochgehoben werden. Er beugt sich hinunter und als er wieder auf seinem Schoß liegt, kuschelt er sich ein und ist zufrieden.

»Sieht aus, als hättest du einen Freund gefunden.« Leon lacht. Wir frühstücken gemütlich und später füttere ich die Tiere, während Leon ein paar Telefonate führt. Dabei lasse ich ihn alleine. Gegen zehn Uhr klingelt es und nicht wie erwartet Lars, sondern Alex steht vor der Tür.

LEON KASER

Ich gebe zu, die Nacht steckt mir noch in den Knochen, auch wenn alles gut gegangen ist. Heute Morgen ist der kleine Welpe wieder auf mich zugelaufen und sitzt nun auf meinem Schoß, von dem er nicht mehr wegzubekommen ist. Lenny hat sich erneut zu meinem Beschützer auserkoren. Er sitzt bei mir und lässt uns, dem angespannten Körper nach, den ich immer wieder erspüre, wenn ich ihn streichle, nicht aus den Augen. Während Leevke die Tiere füttert und alles für die Rückkehr ihres Bruders vorbereitet, telefoniere ich mit meinem Großvater. Das Gespräch ist sehr aufschlussreich und ich verstehe zumindest ansatzweise, warum Mabel das getan hat. Es ist so, wie ich vermutet habe. Meine Stiefmutter und mein Vater haben sich getrennt. Wie es in reichen Familien üblich ist, hat mein Vater bei der Heirat einen Ehevertrag unterschrieben und er wird nicht wirklich Geld von der Familie meiner Stiefmutter erhalten. Er hat ja selbst genug, wenn Großvater einmal stirbt. Soweit der Hintergrund. Dumm nur, dass der Vater von Mabels Mutter sich entschlossen hat, eine Familienstiftung zu gründen und Mabels Mutter und Mabel selber nur noch einen monatlichen Betrag ausbezahlt bekommen. Jede normale Familie könnte von diesem Geld lange leben und es als Lottogewinn betrachten. Aber für die Frauen, die im Luxus aufgewachsen sind und gelebt haben, ist es geradezu eine Kränkung, jetzt mit dem Geld haushalten zu müssen. Genauso hat es mein Großvater gemacht, erfahre ich heute. Das ist neu für mich, das wusste ich nicht. Er tat es sogar bereits vor zehn Jahren. Mein Vater erhält von der Stiftung jeden Monat eine großzügige Summe, kann aber auf große Teile des Vermögens nicht zurückgreifen. Ich erfahre auch, dass mein Großvater über meine Krankheit und auch über den Verkauf meiner Firma informiert ist. Er ist mit meiner Wahl des Käufers einverstanden und hält Raphaele für einen ausgezeichneten Geschäftsmann. Er teilte mir auch mit, dass auch ich monatlich Geld von der Stiftung auf ein separates Konto überwiesen bekäme, das ich bei meiner Hochzeit erhalten würde. Ich werde ab diesem Zeitpunkt monatlich Geld daraus erhalten. Ich bin ein Begünstigter. Also, auch wenn ich kein Privatvermögen hätte und die Firma nicht verkauft hätte, reich bin. Leevke wird sich zurückziehen, wenn sie das erfährt. Sie kann nicht wirklich damit umgehen, dass ich vermögend bin. Das habe ich längst begriffen. Nur, ich habe nun mal Geld und ich bin auch blind. Alles würde ich hergeben, um sehen zu können. Worauf ich aber nicht verzichten werde, ist sie. Als ich aufgelegt habe, überlege ich, wie ich weitermachen soll. Da mir nichts einfällt, rufe ich meinen Anwalt an und frage ihn, was er an meiner Stelle tun würde. Er ist eindeutig. So wie es Leevke und sogar Großvater waren. Ich vermute, dass er seinen Sohn auf seine Weise bestrafen wird. Immerhin bin ich sein Enkel. Andererseits sind die beiden mein Vater und meine Halbschwester. Mein Anwalt ist entsetzt über diese kriminelle Energie und will, dass ich die Polizei rufe. Das möchte ich aber nicht. Dann kommt er auf eine Idee, die mir gefällt. Wir werden die beiden zur Rede stellen und ihnen die Möglichkeit geben, selbst zu entscheiden. Entweder sie unterschreiben, dass sie sich nie mehr in meine Angelegenheiten einmischen und auch auf alle Ansprüche an mein Vermögen verzichten, falls ich vorzeitig sterben sollte, was ich nicht erwarte, oder ich erstatte Anzeige. Der Gedanke gefällt mir, wie gesagt, und ich beauftrage ihn, dies für mich zu veranlassen. Ich nehme an, Mabel ist nicht mehr in der Kate. So frech wird sie nicht sein. Aber wer weiß, was in ihrem Kopf vorgeht. Als Leevke mit dem Füttern der Tiere fertig ist, geht es Schlag auf Schlag. Alex kommt und ich spüre an seinen Worten, an seinem Tonfall, wie unglaublich besorgt und auch erleichtert er ist, dass es mir gut geht. Ich bitte ihn, zur Kate zu fahren und nachzusehen, ob Mabel noch dort ist und wenn ja, ihr klar und deutlich zu sagen, dass sie verschwinden soll. Er hat mir auch ein Handy mitgebracht, das wir nebenbei einrichten. Leevke fährt mit mir und der kleinen Fellnase zum Tierarzt. Ich sage noch zu ihr: »Alex kann das auch übernehmen, Leevke.«

»Ich weiß, aber ich mache das sehr gerne. Hast du dir eigentlich überlegt, was du tust, wenn der Hund niemandem gehört?«

»Ich? Lenny hat den Kleinen gefunden.«

»Und der Kleine hat dich ins Herz geschlossen. Ich meine ... ich weiß, dass es nicht so einfach ist und ... aber so ein Hund, der richtig erzogen ist, kann dir eine große Hilfe sein.«

»Du sagst es. Bis er richtig erzogen ist. Leevke, ich ... er ist ja noch nicht mal stubenrein.« Doch unbewusst streichle ich den kleinen Kerl, der sich so vertrauensvoll an mich schmiegt. Als wir bei der Tierärztin ankommen, hilft sie mir in die Praxis. Da ich keinen Stock mehr habe, der ist im Meer verschwunden, brauche ich ihre Schulter. Aber sie macht das so, als würden wir das schon seit Ewigkeiten so handhaben. Die Tierärztin ist sehr nett und untersucht den kleinen Kerl.

»Also gechipt ist er nicht. Und ich kenne im Moment auch keine Familie auf der Insel, die einen Wurf angemeldet hat. Gut, es könnte sein, dass die Besitzer aufs Festland zum Tierarzt fahren, aber ... wir in der Praxis kennen eigentlich die meisten Hunde hier auf der Insel. Die gute Nachricht. Er ist gesund und sogar kräftig. Aber sicher nicht geimpft und wie gesagt nicht gechipt. Soll ich ihn ins Tierheim bringen?« Ich weiß nicht warum, aber Leevkes Sätze kommen mir in den Sinn und ... obwohl ich weiß, dass es eigentlich nicht geht, aber ...

»Ich nehme ihn erst mal zu mir, wenn sich jemand meldet, dann wissen Sie, wo er ist und ...«

»Das darf ich eigentlich nicht, Herr Kaser.«

»Nicht? Aber geht es ihm bei uns nicht viel besser als im Tierheim? Außerdem ist da noch Lenny. Also ... wir nehmen ihn und ich bezahle die Impfung, das Chippen und die Kosten für sein Futter. Das entlastet das Tierheim, die können sowieso jede Hilfe gebrauchen.«

»Stimmt.« Sie überlegt. Ich sehe es nicht, aber ich fühle es. Sie holt tief Luft und scheint eine Entscheidung getroffen zu haben.

»Leeve hat Lenny auch so zu sich genommen. Warum nicht? Wie gesagt, wenn sich jemand meldet, sage ich den Besitzern, wo er zu finden ist. Das mit den Kosten müssten Sie dann mit den eigentlichen Besitzern klären. Ansonsten ... Ich stelle ihm einen vorläufigen Ausweis aus. Wenn niemand

Anspruch auf ihn erhebt, dann trage ich Ihren Namen ein, wenn Sie ihn behalten wollen.«

»Sehr gut.« Es dauert ein paar Minuten bis der namenlose Kleine seine Spritzen bekommen hat, die Ärztin spricht noch von Wurmtabletten und irgendeiner Fellpflege, damit eventuelle Fellbewohner verschwinden, und zum Schluss will sie noch einen Namen wissen, den sie in seinen Pass eintragen kann. Dass Hunde einen Pass haben, ist mir völlig neu, aber man lernt ja bekanntlich nie aus.

»Wie soll er denn heißen?« Das wiederum lässt mich jetzt Hilfe suchend zu Leevke blicken. Die aber klare Vorstellungen hat.

»Egal, aber der Name muss mit L beginnen.«

»Wie?«

»Auf jeden Fall mit L. Da er ja ein Glücksfund ist und von Lenny gefunden wurde, wie wäre es mit Lucky?« Ungläubig sehe ich Leevke an, die so klar und mit fester Stimme gesprochen hat.

»Lucky? Ich ... na Kleiner, sollen wir dich Lucky nennen? Gefällt dir das?« Ein Fiepen ist zu hören und verdammt, ich hatte noch nie einen Hund, noch nie ein Haustier, aber dieses kleine Fellknäuel, das sicher groß werden wird, hat es mir angetan. Er wird mir Probleme bereiten, aber sicher auch viel Freude.

»Du kommst mit mir in die Hundeschule.«

»Ich?«

»Ja.«

»Aber.«

»Lucky. Schreiben Sie den Namen Lucky rein.« Gesagt, getan und nur eine Stunde später sitzen wir wieder im Auto und fahren zurück zum Anwesen von Leevkes Bruder.

»Ich kümmere mich erst mal um ihn.« Leevke dreht sich

im Auto noch einmal zu mir um und sagt: »Sicher? Nicht, dass ich glaube, dass du das nicht hinkriegst, aber er ist noch klein und bis er erzogen und stubenrein ist, kann das alles deinen Alltag ganz schön durcheinanderbringen.«

»Er kommt erst mal mit. Und du kannst mir helfen.«

»Aber ...«

»Ich ... ich überlege mir was.« Und so kommt es, dass Leevke mich nicht nur zum Tierarzt fährt, sondern auch danach zur Tierhandlung und wir dort alles besorgen, was ein Hund so benötigt. Die Dame in der Tierhandlung habe ich bestimmt glücklich gemacht. Egal ob der kleine Lucky bei mir bleibt oder nicht, er wird in sehr gute Hände kommen. Aber jetzt sitzt er bei mir im Auto und ich streichle ihn liebevoll.

»Du lachst mich aus.«

»An. Wir sind gleich da, willst du erst in die Kate oder ...«

»Nicht in die Kate. Zuerst will ich von Alex wissen, ob sie weg ist.«

»Okay.« Sie setzt den Blinker und kurz darauf hält sie an. Ich steige aus. Unter dem Arm den kleinen Lucky. Lenny springt auf uns bzw. mich zu und ich muss ihn ein wenig zurückhalten.

»Langsam Lenny. Ich lasse Lucky gleich auf den Boden. Leevke, darf ich? Oder sollen wir ihm erst das Halsband anlegen?«

»Ich wäre genau dafür.«

»Na gut, Lenny, du musst dich noch einen Moment gedulden. Bevor du Lucky begrüßen kannst.« Leevke spricht mit mir und ich kann neben ihr gehen, ohne dass sie mich führt. Sie spricht ohne mich zu berühren, und während sie redet, macht sie mich auf Stolperfallen aufmerksam. Ich vertraue Leevke – blind. Irgendwie funktioniert es, ohne dass ich mir

Gedanken über meine Blindheit mache. Es ist interessant und schön. Heute kommt ihr Bruder aus den Flitterwochen zurück und ich frage mich die ganze Zeit, ob Leevke am Montag wieder abreist. Ob unsere gemeinsame Zeit vorbei ist und noch mehr frage ich mich, wie ich sie dazu bringen kann, vielleicht noch länger hier bei mir in der Niemeyer-Kate zu bleiben.

»Willst du ...«

»Was?«

»Wirst du morgen oder Montag abreisen?« Sie bleibt stehen und auch das höre ich und stoppe. Sie kommt nicht dazu, mir zu antworten, denn in diesem Moment fahren zwei Autos auf den Hof.

»Es ist Lars und das zweite Auto ist Heike. Sie bringt den Kuchen. Ich ... komme und ...«

»Hallo Schwesterherz, da bist du ja! Ich habe mich schon gefragt, wo du bist. Und wer ist das ... Himmel, was für ein süßer kleiner Kerl!«

»Lentje, könntest du mal kurz Pause machen, so schnell wie du redest, kommt keiner mehr mit!« Lachend nehmen sich die beiden Frauen in die Arme. Zumindest glaube ich das an den Geräuschen heraushören zu können.

»Lentje, das ist Leon. Leon, meine Zwillingsschwester Lentje.«

»Hallo und wer bist du?« Ich antworte ihr: »Das ist Lucky. Lenny hat ihn letzte Nacht in den Dünen gefunden. Wir waren gerade mit ihm beim Tierarzt, deshalb die Verspätung.« Sie hängt sich an mich und zieht mich mit sich. Leevke ruft ihr hinterher: »Lentje, das ist unhöflich, was du da machst.«

»Ist es nicht so, dass ich ... Lucky kennenlernen muss?«

»Ja klar, Lucky. Leon, wenn sie zu aufdringlich ist, schrei

laut um Hilfe.« Ich muss grinsen. Gehe aber mit ihrer Schwester in Richtung Terrasse, vermute ich. Sie hat keine Berührungsängste mit meiner Sehbehinderung, was ich erstaunlich finde. Aber dann wieder, sie ist die Zwillingsschwester von Leevke. Vermutlich sind sie sich sehr ähnlich.

»Seht ihr euch ähnlich?«

»Leevke und ich?«

»Ja ich meine, ich habe sie nicht gefragt, ob ihr eineiige Zwillinge seid oder …«

»Sind wir und ja, wir sehen uns ziemlich ähnlich. Mit den Jahren ist es besser geworden, aber früher konnte man uns kaum unterscheiden. Vorsicht, eine Stufe und wir sind auf der Terrasse. Ich habe von deinem Abenteuer gestern gehört.«

»Inselfunk.«

»Ach, du weißt davon?«

»Auch.« Lachend meine ich: »Ich glaube, es gibt hier nichts, was sich nicht mit diesem Funk erklären lässt.«

»Da stimme ich dir zu. Du tust ihr gut.« Ihre Stimme klingt plötzlich ganz anders.

»Ich habe Leevke noch nie so … lebendig erlebt. Nicht in den letzten Jahren. Sie arbeitet wie verrückt und flirtet, was das Zeug hält. Eine brave Frau, die nur auf dich gewartet hat, bekommst du bei Leevke nicht, sondern sie hat immer nur nach dem Einen gesucht. Den, der sie glucklich macht. Den suche ich übrigens auch, also wenn du noch Brüder hast, dann lade sie doch hierher ein und stelle mich vor.«

»Da muss ich passen. Tut mir leid. Eine Halbschwester, aber mit der stehe ich im Moment eher auf Kriegsfuß.«

»Schade. Es könnte so einfach sein.« Ich muss lächeln, sie ist verdammt ehrlich und nett.

»Leevke will immer wieder hierher auf die Insel kommen, hat sie dir das erzählt?«

»Hm, ja, das hat sie erwähnt.«

»Du kommst aber aus der Schweiz, habe ich gehört.«

»Du willst mich also fragen, was ich für Vorstellungen habe? Ich meine, du könntest auch direkt fragen, sind die Insulaner nicht genau das, direkt?«

»Liebst du meine Schwester?«

»Okay, das ist jetzt direkt. Ja. Ich liebe sie. Aber ich will ihr nicht zur Last fallen. Sie hat mir gesagt, dass sie einen Mann sucht, für den sie sich nicht verbiegen muss. Ich weiß, dass sie das nicht so gemeint hat, wie es klingt, aber Lentje, für mich müsste sie sich verbiegen.«

»So war das nicht gemeint. Sie müsste sich an deine Sehbehinderung anpassen, was sie ja schon tut, aber du würdest doch nicht wollen, dass sie sich für dich ändert, oder? Und das meint Leevke damit. Ihr letzter Freund, der ... der wollte aus ihr eine gute Hausfrau machen. Er wollte eine Frau zu Hause haben, die den Haushalt schmeißt, die Kinder erzieht und ihm abends das Essen serviert. Der Dummkopf. Aber Leevke ist viel zu schlau dafür. Ja, sie will eine Familie, einen Mann, der sie auf Händen trägt. Ich glaube, sie will auch Kinder, aber sie will auch ihre Freiheit. Sie will arbeiten, ihr eigenes Geld verdienen. Auf eigenen Beinen stehen. Nicht abhängig sein. Das war unsere Mutter immer. Sie war immer abhängig von meinem Vater. Aber sie hatte auch nicht die Kraft, sich dagegen zu wehren. Wir Mädchen, ihre Töchter und auch Leeve, wir sind anders. Wir sind eigenständige Persönlichkeiten geworden, vielleicht gerade, weil wir gesehen haben, was passiert, wenn man sich auf andere verlässt, wenn man sich selbst nicht mehr wert ist. Ah, da kommt Levka! Hey Schwester, schau mal, das ist Leon und das ist Lucky.«

»Du verwirrst mich. Lucky? Hallo Leon, wie meine

Schwester schon sagte, ich bin Levka. Die Kleine, aber wenn ihr diesen süßen Hund Kleiner nennt, dann bin ich für euch vielleicht endlich erwachsen geworden.«

»Lenny hat ihn gefunden, letzte Nacht in den Dünen. Jetzt gehört er erst einmal zu uns. Aber Leevke wird mit ihm und mir zur Hundeschule gehen müssen. Alleine werde ich das nicht bewältigen können.«

»Levka.«

»Freut mich, dich kennenzulernen, kleine Schwester von Leevke. Ich bin Leon.«

»Freut mich sehr. Hat meine Schwester dich schon ausgefragt? Weiß sie schon alles über dich?«

»Nein, noch nicht.« Lentje spricht.

»Er liebt Leevke.« Und bei diesem Satz wird es plötzlich ganz still. Dann kommt aus Levkas Mund: »Das ist schön. Das ist alles, was ich wissen muss.« Und dann umarmt sie mich und drückt mich fest an sich. Und flüstert mir ins Ohr: »Mach meine Schwester glücklich, sie hat es verdient.« Lässt mich wieder los, als hätte es diesen Moment nie gegeben, und wendet sich Lentje zu.

»Wie lange bleibst du und bist du alleine gekommen?«

»Wenn das Gästezimmer frei ist, also Leevke vielleicht bei Leon schläft … dann kann ich noch ein paar Tage bleiben. Das war der Plan und ja, ich bin alleine hier, und du?«

»Wenn das andere Bett im Gästezimmer frei ist, kann ich auch noch eine Woche bleiben, das war der Plan.« Beide fangen gleichzeitig an zu lachen. Und ich fühle mich in ihrer Gegenwart richtig wohl. Ich bin gespannt, wie der Bruder der drei sein wird, aber ich kann mir einfach nicht vorstellen, dass ausgerechnet er jetzt ein Idiot ist. »Im Haus klingelt ein Handy.« Ich erkenne das Klingeln und sage: »Das ist meins. Wir haben es auf den Küchentisch gelegt, um es zu aktualisieren. Kann … kann mir vielleicht einer von euch das Ding holen?« Kurze Zeit später halte ich es in der Hand und habe Alex an der Strippe.

»Sie ist weg. Hat alles mitgenommen. Ich habe mir erlaubt, das Bett im Gästezimmer abzuziehen. Habe ein bisschen aufgeräumt und jetzt müsste alles wieder an seinem Platz sein. Ich fahre noch nach Wittdün. Dort gibt es ein Brillengeschäft und da kann ich dir eine ähnliche Brille mit verspiegelten Gläsern kaufen, wenn das in Ordnung ist. Die andere musst du selbst bestellen.«

»Danke Alex. Komm nachher vorbei, ich glaube, Leevke hat nichts dagegen und wenn du mir eine Brille besorgen könntest, wäre das gut. Es fühlt sich besser an, wenn ich eine trage.«

»Mache ich.«

»Danke Alex.«

»Dafür nicht bis nachher.« Lentje und Levka sind still und hören zu. Bevor sie etwas fragen können, sage ich: »Das war Alex, mein Chauffeur. Er hilft mir auch bei solchen Dingen, das weiß ich sehr zu schätzen. Er ist … ein netter Kerl.« Ich grinse und schaue Lentje an.

»Und ich habe ihn eingeladen.«

»Ach ja?« Sie stößt mich in die Seite.

»Habt ihr denn sonst nichts zu tun?«

»Eigentlich schon, aber wir wollten unseren zukünftigen Schwager kennenlernen.«

»Ach, sind wir schon so weit?«

»Du hast doch gesagt, dass du Leevke liebst.« Wieder lachen die beiden. Ja, sie sind nett und sie mögen mich, das spüre ich. Ich bleibe auf der Terrasse sitzen, bis Leevke zu mir kommt.

»Tut mir leid.«

»Was jetzt?«

»Meine Schwestern, sie waren ...«

»Direkt?«

»Sicher.«

»Sie sind nett. Es wird voll hier, oder? Dein Bruder scheint sehr beliebt zu sein und ich war noch keine Minute alleine. Viele wollen wissen, wie es mir nach meinem gestrigen Ausflug ins Watt geht.«

»Ja, es sind viele gekommen. Leeve wird sich freuen. Da bin ich mir sicher. Er wird übrigens in einer Viertelstunde hier sein. Pepper, Meikes Freund, hat sie angekündigt. Er wird ihnen mit dem Auto folgen. Sie haben noch keine Ahnung.«

»Klingt genauso, wie ihr es euch vorgestellt habt, oder?«

»Ja. Komm, ich setze dich an einen der Tische im Hof. Hier bist du so alleine. Und ich glaube, Lucky sollte auch mal wieder in die Büsche gehen.« Wenig später sitze ich und habe ein Pils vor mir stehen. Alex hat mir eine Brille gebracht und sich unter die Leute gemischt. Er hilft, wo er kann. Ein paar der Jungs scheint er schon zu kennen. War also auch mal abends weg, was mich freut. Mein Handy klingelt schon wieder. Wer wird das wohl sein? Eigentlich sollte in den nächsten Minuten Leeves Bruder kommen. Lars und seine Kumpels von der DLRG haben die Würstchen auf den Grill gelegt und es riecht lecker. Ich gehe ran.

»Ja?«

»Wo bist du? Sag jetzt bloß nicht, dass du wieder weg bist.«

»Raphaele?«

»Ja, wer sonst? Ich stehe hier vor dem Haus, in dem du untergebracht bist. Aber es ist niemand da. Ich dachte, die Einladung gilt für das Gästezimmer. Ich habe mir eine Woche freigenommen.«

Erfreut lache ich. »Warte mal kurz.« Da ich niemanden in der Nähe sehe und spüre, rufe ich kurz: »Leevke, bist du in der Nähe?«

»Gleich hier rechts von dir. Was ist los?«

»Kann ich noch einen Gast einladen? Ein Freund, es ... Raphaele ist da. Wenn nicht, gehe ich rüber zur Kate ...«

»Natürlich. Hier ist die Party. Er ist herzlich willkommen.«

»Also, Raphaele. Du gehst jetzt ums Haus herum. Dort ist eine Terrasse, von der aus ein Weg zum Strand führt. Wenn du den Strandkorb mit der Nummer sieben siehst, er ist grün-weiß gestreift, dann bist du richtig. Von ihm aus gehst du nach links, etwa zweihundert Meter. Dort führt wieder ein Bohlenweg durch die Dünen, du musst nur dem Geruch von gebratenen Würstchen und Fisch folgen. An deiner Stelle würde ich mich beeilen, denn hier sind ein paar hungrige Leute versammelt.« Leevke lacht und sagt: »Das kann ich nur bestätigen.« Raphaele fragt nach: »Wer war das?«

»Leevke.« Mehr sage ich nicht, lege auf. Alex fragt nach: »War das Raphaele Bernard?«

»Ja. Er ... wird gleich hier sein.« Was er auch ist.

»Hölle, ist das schön hier.«

»Warum nennst du es dann Hölle?« Ich wende mich der Stimme zu. Es ist Levka.

»Bist du Leevke?«

»Nein, die kleine Schwester.«

»Hallo, ich bin Raphaele, ich mag kleine Schwestern.« Sie lacht, und mir fällt dieser besondere Ton in Raphaeles Stimme auf. Da ich weiß, dass er alles andere als ein Frauenverächter ist und gerne seinen Charme spielen lässt, sage ich lachend: »Ja, das ist Levka. Ich bin übrigens hier Raphaele.«

»Das ist mir bewusst, aber mein Freund, du musst mir verzeihen, du bist nicht so hübsch wie Leevkes kleine Schwester. Übrigens, wer ist die Lady, die dein Herz erobert hat?« Ich schüttle den Kopf und habe Glück, denn in diesem Moment biegt das Auto in die Einfahrt ein. Als sich die Türen öffnen und alle laut »Überraschung« rufen, weiß ich, dass Leevkes Bruder Leeve mit seiner Frau angekommen ist. Es wird ein unglaublicher Nachmittag und Abend und eine noch schönere Nacht. Raphaele, dem es nie schwerfällt, Kontakt zu seinen Mitmenschen aufzunehmen, ist bald mit allen bekannt und in der Gruppe angekommen. Wir trinken an diesem Abend mit absoluter Sicherheit nicht nur ein Bier zu viel und ich frage mich wirklich, als Leeve, Leevkes Bruder, mir wieder eine Flasche unter die Nase hält, wie ich den Weg über die Bretter unbeschadet überstehen soll. Er ist in Ordnung, Leevkes Bruder, aber das habe ich mir schon gedacht.

»Kannst du mir versprechen, dass dein Freund Raphaele meiner Levka nichts tun wird? Sonst hetze ich Lenny auf ihn, damit er die beiden trennt. Im Moment sind die beiden nämlich kurz davor, Körperflüssigkeiten auszutauschen, und da beide heute bestimmt einen über den Durst getrunken haben ... Fuck, ich benehme mich wie ein großer Bruder.« Lachend meine ich: »Ein bisschen, aber hey, du bist ihr großer Bruder. Das haben sie mir gesagt.«

»Sie ist einfach meine kleine Schwester. Levka steht schon seit vielen Jahren auf eigenen Beinen, aber ... Himmel jetzt sie ...« Er prostet mir zu und ich will im Moment gar nicht wissen, was er sieht. Irgendwann kommt Leevke zu mir.

»Na Bruder, wie war die Reise?«

»Wunderbar. Wirklich, aber ... ich bin ein schrecklicher heimatverbundener Kerl. Aber jetzt weiß ich, wo meine beiden Esel ihr Heu herhaben und warum sie es so gerne fressen. Der Geruch in den Bergen ist einzigartig. Er hat schon was, gebe ich zu. Aber als ich auf der Fähre wieder den Wind um die Nase gespürt habe, ist mir das Herz aufgegangen. Danke für die tolle Willkommensparty.«

»Gerne geschehen, und die Idee kam ja nicht nur von mir.«

»Aber du hast alles organisiert.«

»Zum Teil.«

»Bleibst du noch über das Wochenende?« Das ist die Frage, die ich ihr auch bereits gestellt habe, auf die sie mir aber noch keine Antwort gegeben hat.

»Ich bleibe. Leon hat mich eingeladen.« Dass ich in diesem Moment grinse, kann bestimmt jeder sehen.

»Was meinst du, Leevke, würdest du mich nach Hause bringen? Ich glaube, mir reicht es und ein weiteres Bier ... ich bin mir jetzt schon nicht mehr sicher, ob ich den Bohlenweg trittsicher schaffe.« Ein paar Minuten später, nachdem wir uns von allen verabschiedet haben, machen wir uns auf den Weg zur Kate. Nicht ohne Raphaele, der immer noch gerne sitzt, steht oder mit Levka knutscht, zu sagen, wo sich das Gästezimmer befindet. Er nickt nur lachend und winkt uns zu. Wir gehen langsam den Weg am Strand entlang und sitzen noch eine Weile im Strandkorb. Schauen schweigend aufs Meer.

»Es ist Vollmond.«

»Du meinst, es ist so kitschig? Sternenhimmel, Vollmond, das Meer, ich alleine mit einer wunderschönen Frau am Strand im Strandkorb sitzend?«

»Genau.«

»Dann sollten wir dem Kitsch noch den letzten Schliff geben und ...« Ich drehe mich zu ihr und küsse sie.

STRANDKORB SIEBEN

O, wie schön, dass sich alles zum Guten gewendet hat. Gestern hatte ich große Angst um Leon, dass etwas Schlimmes passieren könnte. Und ja, heute ist eine magische Nacht. Heute muss ich nicht zaubern, denn die Nacht selbst ist zauberhaft. Sterne funkeln am Himmel und glitzern im Wasser. Es weht kein Wind. Der Mond leuchtet über dem Meer und in mir sind zwei Liebende, die sich gefunden haben. Wenn ich lächeln könnte, würde ich den ganzen Sommer lang lächeln.

Leevke und Leon sitzen in den nächsten Tagen und Wochen oft bei mir. Sehr oft, und ich höre ihren Gesprächen zu und freue mich zu sehen, wie sich die Beziehung der beiden festigt. Als ich im Frühherbst von Kapitän Claas wieder in mein Winterquartier gebracht werde, habe ich meinen Kollegen viel zu erzählen. Wie schön, dass ich wieder zwei Menschen die Liebe bringen konnte. Ich bin gespannt, wohin mich mein Weg im nächsten Sommer führen wird. Eine Idee habe ich schon. Denn an dem Abend, an dem die Willkommensparty bei Leeve und Tanja war, hatte ich noch zwei Besucher. Es wird spannend, der nächste Sommer kommt bestimmt und ich werde genau beobachten und hoffen, dass ich wieder zur Kate gebracht werde.

EPILOG

Es war kein einfaches Jahr für mich. Meine Hoffnung, dass mir noch etwas Augenlicht bleiben würde, zerschlug sich eines Morgens. Ich hielt Leevke im Arm. Hörte draußen die Vögel zwitschern und den Wind rauschen und wusste, dass es schon hell war. Nur bei mir war nur noch Dunkelheit. Ich lag einfach nur da an diesem Morgen. Die Panik, die ich so viele Male zuvor hatte, blieb aus. Denn ich spürte die Wärme von Leevke. Sie, die seit diesem ersten Tag auf Amrum bei mir war. Jenem Tag, an dem Leeve sie fragte, ob sie übers Wochenende bleiben würde, sagte sie einfach Ja. Sie blieb die ganze Woche und fuhr nur für einen Tag zurück nach Wyk, um ihren Computer und einige wichtige Akten zu holen. Das Telefon stellte sie auf ihr Handy um, bis ihre Kündigungsfrist in der Kanzlei abgelaufen war. Den ganzen Sommer über blieb sie bei mir in der Kate. Und war auch an diesem Morgen bei mir, als ich in die Dunkelheit ging. Nicht in die Dunkelheit der Nacht, nicht in die Dunkelheit, die der Tod mit sich bringt, sondern in die

Dunkelheit, die noch warm ist. Doc Hinnek hatte recht. Die Dunkelheit, die ich nun nur noch wahrnehme, ist nicht kalt.

»Leon, was ist los?«

»Ich sehe nichts mehr.« Leevke lag einfach nur da und hielt mich fest. Sie hat mich getröstet, aber sie hat mich nicht depressiv werden lassen. Lucky hat unglaublich viel dazu beigetragen. Dieser kleine verrückte Kerl, den hat der Himmel mir oder uns geschickt. Ich muss noch so viel lernen. Und er auch. Ich, mit meiner Blindheit umzugehen, und er, mir zu helfen. Er ist ein perfekter Begleiter. Bereits jetzt, obwohl er noch so jung ist. Ich gehe viel mit ihm am Strand spazieren und er bringt mich immer wieder zurück in die Kate. Ich lerne jeden Tag, besser alleine zurechtzukommen, denn das ist es, was ich unbedingt will. Wenn Leevke im Büro ist, das wir im Dachgeschoss eingerichtet haben, gehe ich meistens mit Lucky spazieren oder sitze in meinem Strandkorb, der, wie Rieke mir gesagt hat, in ein paar Tagen abgeholt wird. Er kommt ins Winterquartier. Er hat mir in diesem Sommer viele schöne Stunden geschenkt. Alleine, mit Lucky, aber auch mit Leevke. Mit ihr bin ich auch in die Schweiz gefahren. Habe ihr dort mein Haus gezeigt und sie auch meinem Großvater vorgestellt. Er hat sich sofort gut mit ihr verstanden und Leevke gut mit ihm. Er ist alt geworden, auch wenn ich es nicht sehe, kann ich es erkennen, alleine wie er geht, wie er spricht. Dadurch habe ich gespürt, dass das Alter ihn im Griff hat. In einem kurzen Moment hat er auch mit mir gesprochen, hat sich am Ende sogar bei mir bedankt, dass ich meinen Vater nicht angezeigt habe. Vater wird ein verdammt gutes Leben haben, auch wenn Großvater eine Stiftung gegründet hat. Auch ich werde nie in meinem Leben finanzielle Sorgen haben, zumal es so geregelt ist, dass Vater die Stiftung nicht direkt erbt, sondern wir nur die Begünstigten sind. Sollte er wieder heiraten und sich erneut scheiden lassen, bleibt das Geld, das Familienvermögen, sicher in der Stiftung und wird später an mich und auch Mabels Nachkommen weitergegeben. Ich bin nicht auf das Geld angewiesen, aber es ist gut zu wissen, dass auch meine Familie am Ende immer gut versorgt ist. Ich habe Großvater von der kleinen Kate erzählt, und er hat mich auf die Idee gebracht, doch auf Amrum etwas zu kaufen.

»Junge, was hält dich in der Schweiz, wenn deine Liebste lieber auf der Insel leben möchte? Sie wird hier nie glücklich und du aber wirst dort glücklich sein, wo sie ist.« Er hatte recht und heute ist der Geburtstag von Leevke und Lentje. Ich habe ein besonderes Geschenk für Leevke. Nicht, dass ich sie frage, ob sie mich heiraten will. Dass ... werde ich noch, aber ich glaube, es wäre auch für Leevke noch zu früh. Wir sind zusammen und bleiben zusammen, dafür brauchen wir keinen Vertrag. Noch nicht. Wir gehen nachher zu Meike ins Café. Jetzt, wo die Hauptsaison vorbei ist, bietet sie ihre Räumlichkeiten auch für geschlossene Gesellschaften an und wir werden Leevkes und Lentjes Geburtstag dort feiern. Levka wird auch kommen und ich habe auch Raphaele eingeladen. Ob er kommt, weiß ich noch nicht. Wenn, dann sicher spontan. Aber ich weiß aus guter Quelle – Inselfunk –, dass er und Levka in Kontakt stehen. Ich muss schmunzeln. Denn das ist eigentlich eher ungewöhnlich für den Raphaele, den ich kenne. Ich bin gespannt, wie sich die Beziehung der beiden entwickelt, wenn es denn eine ist oder wird.

»Bist du fertig?«

»Ja. Leevke, ich möchte dir zuerst meine Überraschung erzählen und hoffe sehr, dass der Inselfunk dir diese Nachricht noch nicht zugezwitschert hat. Dass die, die daran beteiligt waren, den Mund gehalten haben.«

»Was meinst du?«

»Das Anwesen der Johanssons …«

»Was ist damit?«

»Wurde verkauft.« Ich würde so gerne sehen, wie es jetzt aussieht. Wie sie mich nachdenklich ansieht.

»Leon Kaser, was meinst du damit?«

»Du hast dich doch längst gefragt, wie es weitergeht. Der Mietvertrag, den ich abgeschlossen habe, der läuft Ende des Monats aus. Wir haben noch nicht darüber gesprochen, wo ich hinziehen werde. Und du hast mich auch noch nicht danach gefragt.«

»Weil ich …«

»Ich habe es gekauft.«

»Du hast was gekauft?«

»Und sobald ich das Okay gebe, werden die Bagger kommen. Ich habe mit Leeve einen Plan ausgearbeitet, wie wir die in die Jahre gekommene Kate vergrößern könnten, ohne dass sie ihren Charme verliert und du damit einverstanden bist … und …«

»Du hast was getan? Und … was soll das und?«

»Ich habe auch das Grundstück zwischen Leeves und unserem Grundstück gekauft. Du kannst dort eine Kanzlei planen, wenn du willst. Einzige Bedingung. Dass es auch ein Reetdach bekommt und wir dort Platz für Gäste haben, die uns besuchen kommen. Ich meine, Leevke, ich habe viel Geld. Das ist einfach so. Und ich habe auch, was ich mir vor ein paar Monaten noch nicht vorstellen konnte, Freunde. Und du hast eine tolle Familie. Die hoffentlich oft zu Besuch kommen wird. Und wenn sie das tut, sollte sie auch Räumlichkeiten vorfinden, in denen sie sich wohlfühlen kann.«

»Du … du hast das Anwesen der Familie Johansson

gekauft? Ich meine, das ganze Grundstück mit dem Haus gehört jetzt dir?«

»Uns.«

»Aber ... wie hast du sie dazu gebracht, es zu verkaufen? Sie hatten immer Angst, dass das Haus eines Tages abgerissen wird und ...«

»Dass genau das nicht passiert, habe ich ihnen sogar vertraglich zugesichert. Dass wir umbauen und anbauen dürfen, ich mir natürlich auch. Es muss noch einiges gemacht werden, aber ... ich glaube ... es wird schön. Mein Großvater hat mich darauf gebracht. Er hat es auf den Punkt gebracht. Ich bin nur da glücklich, wo du bist. Und du bist hier glücklich. Hoffentlich mit mir. Ich liebe dich, Leevke. Ich wünsche mir so sehr, dass du hier mit mir glücklich sein wirst. Erst seit ich dich kenne, weiß ich, was es heißt und bedeutet, glücklich zu sein. Und jetzt ... lass uns Friesentorte essen gehen, denn das ist immer noch mein Lieblingskuchen, auch wenn alle anderen, die Heike backt, hervorragend schmecken. Aber das habe ich mit Tanja gemeinsam, die Friesentorte ist unsere Lieblingstorte.«

»Ich weiß nicht, was ich sagen soll.«

»Dann küss mich, das mag ich genauso gerne, wie dir beim Reden zuzuhören.«

»Ich liebe dich, Leon. Dass du mir vor die Füße gefallen bist, war der glücklichste Moment dieses Sommers und meines Lebens und mit diesen vielen Insekten in meinem Bauch habe ich mich hervorragend arrangiert.«

»Ich liebe dich auch.«

Ende

DANKSAGUNG

Toll, ihr habt es bis hierher geschafft! Es scheint euch wirklich gefallen zu haben. Ich würde mich sehr über ein Feedback und eine Rezension freuen. Wollt ihr nicht ein paar Worte schreiben?

Und natürlich danke ich meiner Familie, allen voran meinem Mann, gefolgt von meinen Kindern und meinen Eltern. Einfach allen. Meinen Beta-Lesern und allen, die mich ermutigen, weiterzumachen. Und natürlich all meinen Lesern! Ich freue mich über jeden Einzelnen. Über jede nette Nachricht und jede persönliche Begegnung auf Messen.

Ihr findet mich auf Instagram und auf Facebook.

Vielen Dank, eure Lotta Larsson

BÜCHER VON LOTTA LARSSON

Strandkorbliebe auf Amrum - Lentje

Coming soon

Meeresrauschen, Herzklopfen und jede Menge Liebe … das verspricht Amrum.

Als Matthys Saathoff einen emotionalen Zusammenbruch erleidet und sich selbst in eine Klinik einweist, wird ihm klar, dass sein

Leben so nicht weitergehen kann. Er beschließt, nach Amrum zu gehen und sich seinen Kindheitstraum von einer kleinen Alpakaherde zu erfüllen. Eine Attraktion auf Amrum. Als das Haus seines Nachbarn brennt, zerstört das Feuer auch sein Tinyhouse und er zieht vorübergehend in die Niemeyer Kate.

Lentje Boger übernimmt stellvertretend die Tierarztpraxis auf Amrum. Doch der Sommer startet mit einer Katastrophe. Als wäre das nicht schon genug, trifft sie auf Matthys Saathoff. Den Mann, mit dem sie während des Studiums eine Nacht verbrachte und der am nächsten Tag spurlos verschwand. Der Mann, dem sie, wenn sie ehrlich ist, lange nachgetrauert hat.

Vielleicht kann Strandkorb sieben mit seiner Magie die Funken erneut überspringen lassen?

Strandkorbliebe auf Amrum - Leeve

Inselroman mit viel Liebe

Als die Ärztin Tanja Seeler ihren Verlobten wie in einem billigen Hollywoodfilm mit einer anderen Frau im Bett erwischt, verlässt sie fluchtartig die gemeinsame Wohnung. Ohne es richtig zu registrieren, fährt sie direkt nach Amrum. Dorthin, wo sie in ihrer Jugend glücklich war und mietet sich eine kleine Kate. Kaum angekommen, fällt ihr der attraktive Dachdecker Leeve Roger vor die Füße, der gerade das Reetdach der Kate repariert.

Zwischen den beiden funkt es von Anfang an. Und das, obwohl sie sich erst wenige Stunden kennen. Die Tage auf Amrum lassen Tanja zur Ruhe kommen und über ihr Leben nachdenken. Lenny, ein Labrador-Rüde, schließt Tanja sofort in sein Hundeherz und sorgt für die eine oder andere kleine und große Panne. Doch dann verschwindet Tanja ohne Nachricht und lässt Leeve ratlos und enttäuscht zurück.

Hat er sich wieder einmal in einer Frau getäuscht? Oder gibt es eine

Erklärung für ihr Verschwinden? Wird Strandkorb sieben seine Magie versprühen?